나는
대충 살기 위해 열심히 산다

나는
대충 살기 위해
열심히 산다

최이슬 공감에세이

I work hard to live roughly

창작시대사

/ 감사의 말 /

나를 완성시키는 모든 것에 관하여

나의 형편없는 모습까지도 단지 '나'라는 이유 단 하나만으로 믿고, 사랑해주는 사람들에게 그 사랑에 보답할 수 있는 사람이 되기로 했다.

내가 존재하는 이유를 주신 하나님 그리고 사랑하는 부모님, 내가 빛나는 사람이 될 수 있도록 늘 응원해주는 내 동생, 내가 내 인생을 사랑할 수 있도록 더 큰 사랑을 주는 남자친구, 내가 좀 더 멋진 서른 살이 될 수 있도록 지지해준 친구들… 꼭 당신들의 자랑이 되겠습니다. __ 이슬 드림.

서른,
다시 새로운 시작을 위하여

20대 초반 때부터 지금껏 내가 즐겨 듣고 부르는 노래는 고 김광석 님의 '서른즈음에'이다.

"또 하루 멀어져 간다/내뿜은 담배연기처럼/작기만 한 내 기억 속엔/무얼 채워 살고 있는지/점점 더 멀어져 간다/머물러 있는 청춘인 줄 알았는데/비어가는 내 가슴속엔/더 아무것도 찾을 수 없네"

노래에서 느껴지는 정서는 파도치는 바다를 고요하게 바라보는 어른 같았는데, 내 마음은 한없이 찰랑거리고 파도에 휘청거린다.

서른 살을 앞둔 어느 날, 아무것도 아닌 내 모습에 문득 '현타'가 왔다. 현타란 '현실 자각 타임'을 줄여 이르는 말로, 헛된 꿈이

나 망상 따위에 빠져 있다가 자기가 처한 실제 상황을 깨닫게 되는 시간이다. 어린 날의 나는 서른 즈음이면 멋진 커리어우먼이 되어 있을 줄 알았는데, 현실은 어수룩한 사람만이 존재했다.

10대와 20대의 나는 파스텔톤이었다면, 30대는 원색에 가까운 어떤 무언가의 색이 되어 있을 줄 알았다. 그러나 현실은 무채색이다. 어느 곳에 있어도 튀지 않는 색. 적당히 열심히 하고, 적당히 사랑하고, 적당히 현실과 타협할 줄 아는 사람.

사실, 나는 대충 살고 싶다. 일하기 싫으면 그만두고, 먹고 싶으면 먹고, 하고 싶으면 하고, 마음에 안 드는 사람이 있으면 안 보고, 내게 무례하게 대하는 사람이 있으면 나도 똑같이 대하고 그냥 그렇게 흘러가는 삶을 살고 싶다. 그래서 결심했다. '그까이꺼 대~충' 살기로.

그런데 대충 살기 위해서는 '지금' 무언가를 해야 했다. 지금도 대충 살면 나중에는 '대충' 사는 것이 아닌 '힘겹게', '억지로', '죽지 못해' 살아가게 된다. 그렇게는 살고 싶지 않았다.

많은 사람이 원하는 대로, 마음껏 누리면서 살고 싶어 하면서도 현실에 안주한다. 주변과 조화를 이루면서 살기를 원한다. '안' 하는 것이든, '못'하는 것이든 그 시절 꾸던 꿈은 뒤로 한 채 안정적인 삶을 원한다. 그것이 노년에 행복해지기 위해서든, 지구 평화를 위해서든. 어찌 됐든 나는 안주하고 싶지는 않았다.

스물아홉의 겨울, 나는 대충 살기 위해 오늘을 좀 더 열심히 살기로 결심했다. 치과위생사가 직업이니 치과실장이 종착역인 줄 알았는데, 만족이 안 되는 걸 보니 그건 또 아닌가 보다.

다들 그랬듯이 돈벌이 수단으로 선택한 직업은 힘들기만 했다. 그때마다 감정을 글로 풀어서 SNS에 올렸다. '좋아요'가 수백 개 달리고, 공감해주는 분들이 다시 나의 꿈을 꿈틀거리게 했다.

작가가 꿈이었던 나는 '내가 할 수 있을까?'라는 생각 대신에 '해보자'라고 결심했고, 매일매일 책의 한 페이지를 써 내려갔다. 별것 아닐 수 있는 그런 이유가 결국 나를 작가로 만들어주었다.

'해보자'의 나비효과는 정말 해보고 싶었던 것을 다 해보게 했다. 액세서리 판매도 시작하게 되었고, 병원전문강사도 되었다.

무언가를 시작하기에 늦었다고 생각했던 나는 이제, 주변에서 어린 나이에 책도 쓰고 대단하다는 말을 듣는다. 남들 하는 대로 살지 않아 걱정을 한 몸에 받던 내가 이제는 멋지다는 말을 더 많이 듣다니, 자랑스러운 마음보다는 아직 어색하고 얼떨떨한 마음이 더 크다. 나는 어떤 의미로 성공했다. 이 성공은 아마도 성취감에서 오는 성공일 것이다.

현재의 나는 무슨 색의 사람인 줄 모르겠다. 그런데 그걸 지금 정해야 할 필요는 없는 것 같다. 아직 내가 못 본 나의 새로운 모습들의 색깔이 분명 존재한다고 믿는다. 그리고 완성된 색은 아마도 황혼에야 확인할 수 있지 않을까.

그런 이유로 나는 서른을 앞둔, 서른을 보내고 있는, 서른을 지나 보낸 모든 독자의 일상을 응원한다. "우리의 청춘은 남이 정해주는 것이 아니라 내가 정하는 것이다."라고

그저 대충 살고 싶어서 현실에 충실했을 뿐인데 어느 순간 돌아보니 열심히 살아온 내 모습이 보였다. 결국 '대충 살기 위해서는 열심히 살아야 한다'는 것을 알았고, 이 이야기를 많은 사람에게 하고 싶었다.

이 책은 다른 수많은 에세이들처럼 그저 '기운내', '힘내', '괜찮아'라며 긍정 마인드만을 말하는 책이 아니다. 뭐라도 되고 싶지만 뭘 해야 할지 모르겠고, 일단 열심히는 살아보자고 했다가 다시 또 좌절에 부딪히고 힘들어하는 2~30대 독자들의 공감을 불러일으키는 이야기를 담고자 했다.

삶은 계속되고, 우리는 언제나 시작할 수 있다. 인생의 목적이 사는 것이라면, 멋지게 살아주자. 오늘은 다시 돌아오지 않는다. 내 종착역에는, 다시 또 늙어 '인생은 최이슬처럼'이라는 말을 듣게 될 때 도착할 것이다.

최이슬

CONTENTS

프롤로그 서른, 다시 새로운 시작을 위하여   5

CHAPTER 1 타이밍에 관하여

SECTION ONE 오늘에 관하여   15

기회와 타이밍, 그 한 끗 차이   17

아직 그 '때'는 오지 않았다   22

SECTION TWO 타이밍에 관하여   30

항구에 정박해 있는 배는 안전하다   33

SECTION THREE 기회에 관하여   36

나는 대충 살기 위해 열심히 산다   39

준비가 됐다면 어필하자   45

CHAPTER 2 태도에 관하여

내 인생이 오류에 직면했다   55

싸가지가 없어? 때에 따라 달라지는 싸가지   59

불편하고 이기적인 친절, 미안하지만 사양할게   63

SECTION FOUR 슬럼프에 관하여   69

나는 포기할 때도 최선을 다한다   71

SECTION FIVE 덧없는 것에 관하여   76

내가 꼰대 라떼?   78

SECTION SIX 청춘에 관하여   85

자기관리란 나만의 정원을 가꾸는 것   87

SECTION SEVEN 기본에 관하여   90

CHAPTER 3 실패에 관하여

SECTION EIGHT 실패에 관하여   95

첫 취업, 나는 나를 위해 퇴사했다   98

과거가 있기에 현재의 내가 있다   104

나를 성장시키는 실패   110

CHAPTER 4 사랑에 관하여

나는 너에게 호구였다   115

그 사람의 마음이 궁금하다   119

연애의 이유   123

연애의 종지부   126

헤어짐이 낯선 우리   130

좋아한다는 마음이 권리가 되는 순간   134

아름다움의 취향   140

결혼이 하고 싶은 남자   144

사랑에 모양이 있다면   149

CHAPTER 5 내 인생에 관하여

시작하고 싶다면 지금 시작하라   157

서른, 나는 아직 어른이 되려면 멀었다   161

SECTION NINE 내 미래에 관하여   165

내 인생 5년 후   169

죽음의 문턱에서   173

끝맺음을 대하는 태도   177

CHAPTER 6 관계에 관하여

SECTION TEN 관계에 관하여   185

너는 참 좋은 사람이야   189

나는 내게 무례한 사람에게 웃지 않는다   192

선을 만드는 사회적 거리두기   198

관계 안에서의 어시스트   205

적당한 거리가 필요한 사이   210

SECTION ELEVEN 흩어짐에 관하여   213

나를 변화시키는 사람들   215

SECTION TWELVE 과정의 발견에 관하여   219

에필로그 인생은 끝없는 여정이다   222

CHAPTER 1

타이밍에 관하여

오늘에 관하여

●

세상에는 오직 하나의 성공밖에 없다. 당신의 인생을 당신이 원하는 방향대로
사용할 수 있는 능력을 갖게 되는 것, 그것이 성공이다.

오늘이라는 뜻은 '지금 지나가고 있는 이날'이다. 나는 벌써 오후
로 넘어가 버린 당신의 오늘은 안녕했는지 궁금하다. 우리는 새
옷, 새 화장품, 새 핸드폰 등 어떤 것에든 '새것'이라는 조건이 붙
는다면 괜히 더 아끼게 되고, 조금 더 주의를 기울이게 되고, 더
큰 애착을 갖게 된다. 그런데 우리는 새날에, 그러니까 오늘 아침
에 '오늘'을 '새것'이라고 생각하고 보냈는가? 존재감 확실한 월요
일과 주말 말고는 수요일인지 알았는데 아직 화요일이라던가, 체
감상 목요일쯤인데 수요일, 혹은 붙여넣기 한 것처럼 같은 일상
에 요일 개념 없이 흐르는 대로 지내진 않았는지 궁금하다.

　개개인의 차이는 있겠지만, 알람을 필두로 '벌써 아침인가?'

하는 준비 없는 아침을 맞이한다. 어제도 보낸 듯한 똑같은 아침을 보내고 딱히 특별한 일 없는 오늘로 마무리 짓는다. 그렇게 반복되는 일상에 올해는 다르리라, 새로운 다짐과 마음가짐으로 시작했던 연초는 몇 달이 지난 것 같지도 않은데 벌써 연말을 바라본다. 10대는 10km의 속도로, 20대는 20km의 속도로, 나이에 비례해 점점 더 시간이 쏜살같이 흐른다는 말에 공감이 가기 시작했다. 딱히 한 것도, 이뤄낸 것도 없는 것 같은데 나는 20대를 보내고, 30대가 되었다. 그동안과 별다를 것 없이 30대를 보내고 40대를 맞이하지는 않을지 덜컥 겁이 난다. 그때의 나도 오늘의 나와 같은 생각을 한다면 이 얼마나 유감스러운 일인가.

린홀은 인생에 대해 "우리는 나이가 들면서 변하는 게 아니다. 보다 더 자기다워지는 것이다."라는 명언을 남겼다.

나를 완성해 가는 것이란 무엇일까? 나의 모양은 무엇이고, 나다운 것은 또 무엇일까?

나는 그저 좀 더 멋지게 나이 들기로 마음먹었다. 그러기 위해서 먼저 내 인생을 더 이상 '가만히 내버려 두지 않는 것'부터 시작했다. 출근해야 하기에 출근하고, 의식의 흐름 없이 하루를 보내고, 적당한 나이가 들어서 시집을 가고, 살아지는 대로 사는 것 말고 '내 인생' 멋지게 한번 살아내는 것 말이다.

시간은 흘러가는 것이 아니라 쌓인다고 한 것처럼 켜켜이 나를 쌓아가 보는 것이다. 인생이란 그렇게 완성해 가는 것이지 않을까? 상상만으로 이미 멋있어진 기분이 들었다. 성공한 삶이란 그런 것이 아닐까?

크리스토퍼는 성공에 대해 "세상에는 오직 하나의 성공밖에 없다. 당신의 인생을 당신이 원하는 방향대로 사용할 수 있는 능력을 갖게 되는 것, 그것이 성공이다."라고 정의했다.

주체적인 삶, 이 얼마나 예측할 수 없는 흥미진진하고 멋진 삶인가? 나는 늘 내가 선택할 것이다. 타이밍을 만들고 기회를 잡기 위해 어필하는 사람, 그게 바로 나니까.

순간순간을 온몸으로 누릴 수 있는 사람이 몇이나 되겠냐만, 그래도 오늘의 나는 지금뿐이다. 소모적인 일을 하지 않아도 된다. 꼭 의미 있는 일을 해야만 하는 것도 아니다. 오늘 대충이라도 뭔가를 하자. '그랬어야 했는데'라는 후회를 하기 위해서라도 역시 해보는 수밖에 없고, 오늘이 바로 그 타이밍이기 때문이다.

당신과 내가 오늘이 '지금 지나가는 이날'임을 기억했으면 한다. 우리의 일상은 큰 범위 내에서 벗어나지 않아도 마음가짐 하나로 충분히 달라질 수 있다. 오늘과, 오늘과 그리고 또 오늘이 분명 다른 오늘을 변화시킬 것이다. 그래서 오늘을 잊고 사는 당신에게 안부를 묻는다.

당신의 오늘에 관하여.

기회와 타이밍,
그 한 끗 차이

나는 아주 어렸을 적부터 기회와 타이밍에 대해 알고 있었다. 초등학교 4학년, 과학 선생님은 고무동력기를 만들 줄 아는 사람을 모집했다. 교내대회를 통해 먼저 사람을 뽑고, 군에서 열리는 대회에 내보내기 위함이었다. 당시 나는 고무동력기가 뭔지 몰랐지만, 수업을 듣기 싫다는 이유 하나로 지원했다.

만들어 본 적 있냐는 선생님의 물음에 있다고 거짓말을 했다. 우선 할 수 있는 데까지 만들어보라고 한 선생님 덕분에 퍽 당황했다. 도면을 봐도 뭐가 뭔지 모르겠고 순서가 있어도 이해하기 어려웠지만 나는 이미 남에게 갈 기회를 가로챘기에 해내야 했다. 얼렁뚱땅 위기를 모면하며 만들기 시작했고, 며칠이 걸리긴 했지만 결국 완성 시켰다.

뿌듯함도 잠시, 더 큰 난관이 기다리고 있었다. 내가 단일 선수라서 교내대회를 치를 필요도 없이 군郡대회에 출전한다는 것이었다. 거저먹은 기회에 좋아할 만큼 실력이 없어서 부모님을 졸라 고무동력기를 사비로 구입했고, 집에서까지 만들기에 매진하였다.

나의 목표는 군대회 전까지 그럴싸하게까지 만드는 수준 도달 정도까지였고, 그 외의 부분은 운에 맡기기로 했다. 고무동력기 만들기는 생각보다 별거 아니었으나, 대회 당일에 기본에만 충실한 사람은 몇 없었다. 다들 본인만의 노하우와 장비를 사용했다. 주눅 들기 전에 다시 한번 상기했다. 나의 목표는 완성까지였고, 나머지는 운에 맡기기로 하지 않았냐고 괜히 욕심부리지 말고 우스워지지도 말자고.

첫 대회, 그곳에서 나는 무한대의 점수로 1등을 해버렸고 이듬해 도道대회까지 진출하게 되었다. 최종 순위는 4위, 장려상.

우연한 달콤함을 맛본 나는 오는 기회는 다 잡으려고 노력했다. 피아노, 그림, 글짓기, 웅변, 독서, 공부, 운동 어느 것이든 기회 잡는 족족 먹어 치웠다. 처음 시작하는 것도 곧장 잘 해내 좋은 결과를 내니 무엇을 하든지 재밌기만 했다.

어린 날의 나는 참 다재다능했지만 뭐 하나 전면적으로 내세울 것은 없었다. 잘하긴 하지만 특출하지 않다는 것은 모두의 시선을 받고 있는 사람에게 있어서 아주 큰 약점이었다. 1등이 아닌 날에는 입방아에 오르내리고 난도질을 당했다. "그동안 1등을 한 것도 선생님한테 잘 보여서 한 거 아냐? 쟤 1등 시켜 주려고 선생님이 답안지 고쳐줬대."

시간이 흐르면서 내 한계치도 보였고, 많이 지쳐갔다. 어차피 잘 해내 봐야 '잘난 척하는 애'라는 낙인이 찍혀서 칭찬해 줄 사람도 없었고, 오히려 조금이라도 못하면 먹이를 노리는 사냥개처럼 달려들었다. 분명 시작은 대충 하기 위함이었는데 막상 잘 해내는 내 모습에 나는 '진짜 나'를 숨겼다. 못 해내는 것이 싫어 감추기 위해 안 하기 시작했고 그렇게 스스로 망가졌다.

성적은 떨어질 만큼 떨어졌고, 살도 쪘고, 인간관계에 대한 자존감도 바닥을 쳤다. 바로잡고 싶었을 때는 이미 늦었다는 것에 대한 좌절감과 대상 없는 질투만 있을 뿐이었다. 도망친 곳에 우연히라도 내게 기회와 타이밍이 도달하게 되면 눈과 귀를 닫았다. 예전의 영광에 혹시나 하는 마음으로 손을 뻗었다. 처참히 실패한 어느 날, 구렁텅이로 떨어져 회복하기까지 꽤 많은 시간이 걸린 탓이었다. 더 이상 내가 잘할 수 있을 것이라는 희망은 보이지 않았다.

돌이켜보면, 사실 그때도 늦은 것이 아니었다. 언제든지 현재를 인정하고 새로 시작할 타이밍과 기회가 충분히 있었음에도 그저 상황을 모면하는 것에만 급급했기에 보이지 않았던 것이다. 그래서 극복하기까지 꽤 오랜 시간이 걸렸다. 못난 나의 모습을 마주하는 것부터, 내 바닥을 인정하고, 겉치레만 그럴듯한 '나'를 새로운 '나'에 정착하기까지 그 어떤 것 하나 쉽지 않았다.

중요한 것은 '진짜 나'를 인정하는 것인데 말이다. '부족한 나'를 인정하지 않고 완벽하게 잘하기 위해 '완벽한 때'가 오기만을 기다렸던 나. 그러다 문득 책에서 본 명언이 떠올랐다.

"'때가 되면'의 때는 절대 오지 않는다. 다들 자기가 너무 나이 들었거나 젊거나 가난하거나 바쁘다고 생각한다. 완벽한 시간이나 나이, 상황은 오지 않는다. 당신 스스로 주는 기회, 오늘 당장 시작하는 것이 답이다."

이 글에 깊이 공감했고, 마음에 새겼다. 좌절하고 아픈 시기가 있었지만, 그때의 경험이 있었기에 지금의 나는 '부족한 나'와 '부족하지 않은 나'를 알게 되었고, '부족한 나'를 채워 넣는 재미를 알게 되었다. 그 이후로는 더 이상 내게 온 기회와 타이밍을 놓치지 않았다.

기회와 타이밍! 진정 누군가가 만들어주는 것이 아닌 스스로 만드는 것! 그리고 지금 사실 이 순간도 나에게 무언가를 돌이킬 기회를 주고 있을지도 모른다는 것! 비로소 온몸으로 깨달았다.

아직
그 '때'는 오지 않았다

기회에 관하여 한차례 성장통을 겪어 낸 나는, 이제 내게 올 '때'를 위해 준비한다. 성격 급한 나는 가만히 기다리지 않고 문 앞으로 마중 나가고, 소식 없으면 직접 픽업하러 가는 편이지만, 그 '때'를 위하여 도박을 하기도 한다. 도박은 확신이 있었기 때문에 가능한 것이었고, 사실 그 확신은 '실패하면 어쩔 수 없지만, 나는 어떻게든 다른 길을 찾아내 성공할 거야!' 하는 나 자신에 대한 배짱이었다.

첫 번째 도박은 치위생과를 가는 것이었다. 어릴 때 나는 작가가 되고 싶었다. 더 어릴 때의 장래 희망은 대통령, 피아니스트, 선생님, 작가 등 멋져 보이고 좋아 보이는 것이라면 내 장래 희망

리스트에 모두 한 번씩 올랐다. 그중에 가장 오래도록 가지고 있었던 것은 작가였다.

성장하면서 작가라는 장래 희망은 점점 더 구체화 되었다. 시를 쓰는 것을 가장 좋아했던 나는 시인으로 시작해 수필가로 마음을 굳혔다.

고등학생이었던 나는 작가가 되기 위해 문학 관련 학과에 진학하기로 결심했다. 2학년 시작 전, 문과반으로 지원하며 본격적인 진로를 정해나갔다. 대학 진학은 국문학과와 문예창작과 사이에서 고민했다. 행복한 고민을 할 시간은 그다지 길지 않았는데, 부모님이 나의 동의 없이 이과반으로 바꿔 넣어버리며 반대하였기 때문이다. 부모님이 작가라는 직업을 갖는 것에 반대한 이유는 단 하나였다. 성공하지 못할까 봐서. 근본적인 이유는 역시 '돈벌이가 변변치 않을까 봐'였다. 원하는 직업군은 선생님 혹은 간호장교로, 내 성적으로만 봤을 때 간호사가 가장 성공한 직업을 얻는 것이라고 판단을 한 것 같았다.

나는 어차피 현실과 타협할 거라면 한 번 더 타협하기로 했다. 원했던 작가가 되지 못하고, 돈을 버는 직업이 필요하다면 치위생과도 충분하다고 생각했다. 간호사에 대한 투철한 직업의식도 없었고, 3교대 근무도 하기 싫었고, 남들 쉬는 날은 나도 쉬고 싶었기 때문이었다. 물론 부모님은 전혀 그렇게 생각하지 않았지만 말이다.

나는 치위생과에 대해 딱히 부정적이지 않았지만 긍정적이지도 않았다. 학교생활은 평범했다. 나름대로 열심히 배웠고 재밌게 보내기도 했다.

그런데 막상 실습을 나가보니 전문직업인이라고 자부심을 가지라는 교수님들의 말과는 다른 현실의 벽에 부딪혔다. 선배 치과위생사를 파트너로 생각하지 않고 그저 '내 밑에서 내 돈 받고 일하는 직원'으로 대하며, 실습생을 그저 '알바생'처럼 대하는 처우에 실소가 나왔다. 교수님들의 겉만 번지르르한 포장에 속다니, 정말 속된 말로 '따까리'가 맞았구나 싶었다.

학교마다 커리큘럼은 다 다르겠지만, 치위생사가 되기 위해 교육받는 기간이 3년은 과하다고 생각했다. 내가 정말 취직해서 일하게 된다면 1학년 수업에 있는 생물, 물리, 화학 등의 교과목이 필요할지 의문이었다. 하긴 학창 시절 신물 나게 배운 미분과 적분도 지금 내 삶에 단 1도 영향을 미치진 않으니 마찬가지인가? 그저 치위생과를 졸업했으니 치과에 취직을 해야겠다는 생각뿐이었다.

두 번째 도박은 국가고시 발표 전 취직하는 것이었다.

사실, 열심히 살고자 빠르게 취직한 것은 아니다. 그저 국가고시 발표 후에는 합격 여부와 관계없이 치과로 취직을 하고 싶지 않을 것 같아서였다. 원하지 않는 학교에 입학해서인지 나는 늘 겉돌았고, 그 때문에 내 대학 생활에서 1/2은 아르바이트가 차지했다. 남은 1/2은 잠과 과제와 출석쯤.

그래서 국가고시를 준비할 때는 정말 발등에 불 떨어진 것처럼 준비했다. 수업 시간에 열심히 들은 것도 아니고 갑자기 하려니 무슨 말인지도 이해도 느렸고, 뭔가 하나를 확실하게 알려면 다시 처음으로 돌아가서 개념부터 익혀야 했다. 아르바이트까지 하다 보니 속도가 많이 더뎠지만, 그래도 참 열심히 했다. 새벽까지 이어지는 아르바이트라 항상 수첩을 들고 다니며 외웠다. 국가고시가 얼마 남지 않은 시점에서는 모의고사도 여러 차례 봤다. 그때마다 좌절했다. 터무니없는 점수에 자존감도 많이 낮아지고 의욕도 떨어졌었다. 그러던 어느 날 가채점을 하는데 한 교수님이 한마디를 하였다.

"지금까지도 점수 안 나오면 포기해요. 안 되는 건 안 되는 거예요."

미친 인간. 처음에는 저런 사람도 교수냐고 생각했다. 하지만 곧 생각을 고쳐먹었다. 나도 직업의식, 사명감 뭐 그런 거 모르고 직업 가지려고, 돈 벌려고 진학했으니까 말이다. 다시 마음을 다잡았다.

'그래, 맞아. 안 되는 것은 포기해야 할 줄도 알아야 한다. 하지

만 지금은 포기할 때가 아니다. 마지막까지 최선을 다해보고 떨어지면 그때 다른 길 찾자.'

모의고사 시험 점수가 턱없이 모자람에도 나는 담당 교수님의 추천으로 당당히 졸업 전에 취직했다. 취직 먼저 했다가 떨어지면 쪽팔리겠지만 그건 그때의 내가 겪을 일이었다.

결과는 합격. 치위생과 진학에 실망하셨던 부모님이었지만 나의 취직도, 나의 합격도 무척이나 좋아하셨다. 솔직히 말하면 그때 취직 먼저 하지 않았다면, 다른 직업을 선택했을 것 같다. 국가고시에 합격하지 못했다면 더더욱.

나는 아직 나를 잘 모른다. 다만 새롭게 깨닫게 된 점이 있다면 나는 포기도 열심히 하는 사람이라는 것.

세 번째 도박은 실장 도전 제안을 거절한 것이었다. 나는 우물 안 개구리였지만 일을 꽤 잘하는 편이었다. 이건 내가 마침내 힘들었던 1~2년차를 보내고, 중간 연차를 보낼 때의 일이다. 당시의 우물이 익숙하고 좋았지만, 나는 나가길 원했다. 그곳이 더 좁은 우물이 될 수도, 저수지가 될 수도 있는 모험이었지만 그 자체로 기분이 좋았다.

4년 동안 참 열심히 했기에 약간은 쉬고 싶었다. 아마 우물 밖 모험은 핑계이고 그만두고 싶었던 것일지도 모르겠다. 그래서 이력서는 단 한 군데만 넣었다. 이곳이 날 원하는 게 아니라면 쉬면서 천천히 구할 생각으로 홍콩발 비행기 표도 티케팅을 했다. 약간의 희망 사항과는 달리 지원한 치과에 합격하게 되고, 여행을 다녀와서 바로 일을 시작했다. 퇴직 2주 만의 일이었다.

5년차 끝물에 입사했지만 나는 진료실 막내였다. 면접 후 원장은, 곧 6년차에 막내가 된다는 것이 많이 망설여지는 일일 텐데 괜찮으면 같이 가자고 했다. 나는 사실 상관없었기에 입사를 결정했다.

제일 낮은 연차라는 것은 내게 큰 메리트였다. 내가 따라잡을 사람이 있다는 것과 나의 비교 대상이 나보다 더 위 연차 선생이라는 것은 내게 날개를 달아줬다.

불과 한 달 만에 나는 확실한 내 입지를 만들어 냈다. 두 달째에 원장은 데스크 실장 경합을 제안하였다. 내 바로 위 연차 선생과 나에게 번갈아 가며 데스크를 맡겨 일해 본 뒤, 적임자에게 실장 자리를 주겠다고 했다. 만약 내가 성과를 낸다면, 나보다 높은 연차 선생을 뒤로하고 실장 자리에 앉는 것은 물론 또래보다 빠른 승진이었다. 어느 것 하나 놓고 봤을 때 파격적인 제안이 아닐 수가 없었다.

이것은 분명 내가 잡아야 할 타이밍이 확실했다. 욕망에 눈이 돌아가기 전에, 머릿속에 빨간 등이 켜지며 경보음이 울렸다.

'주의! 진격 중단! 이건 계륵이다!'

맞다. 지금 내가 실장이 된다면 누구 한 명 편할 포지션은 아니게 될 것이다. 어쩌면 굴러온 돌이 박힌 돌 **빼내는** 격인데 과연 그 조직을 잘 이끌어갈 수 있을지 의문이었다.

그렇다면 이 조직이 원원하려면 내가 어떻게 해야 할까? 고민은 의외로 금방 끝났고, 나는 원장에게 내 위 연차 선생을 실장으로 추천했다.

원장은 내가 참 욕심이 많다고 했다. 이력서에서도, 면접에서도 보이는 자신감 있는 태도에 함께 일하길 원하였다고 했다. 그래서 내가 실장 경합을 거절했을 때는 의외라고 생각했던 모양이다. 나는 좀 더 확실한 기회를 잡고 싶을 뿐이었다. 그래서 없는 직책을 새로 만들어 달라고 요청했다. 팀장, 그것이 가장 최근의 도박이었다.

팀장을 달며 모든 것이 달라졌다. 하나씩 체계를 갖추어 나갔고, 원장은 점점 더 많은 것들을 나와 상의하기 시작했다. 내가 하는 모든 것이 실장으로 도약하기 위한 발판이 되었다.

나는 10년에 걸친 세 가지의 도박에 모두 성공했고, 결국 실장까지 도달하게 되었다. 어쩌다 운이 좋아 잡은 타이밍에 우쭐함도 잠시 나무에서 떨어져도 보고, 멍청하게 지켜만 보다가 지나간 타이밍에 아쉬워도 해보고, 고대하며 기다렸음에도 나도 모르게 지나쳐 보낸 타이밍에 후회도 해봤다. 그러다 보니 이제는 타이밍을 골라 기회를 쟁취할 줄도 알게 되었다.

사실 내가 정말 도달한 것은, 10년을 돌아 결국 글을 쓰고 있다는 것이지 않을까. 그렇게 글을 쓰고 싶었던 내게 '그 길은 아니다'라며 다른 길로 내몰았었는데 결국 내가 하고 싶었던 글을 쓰고 있는 내 모습에 살며시 미소가 번진다.

결국, 때는 정해져 있다는 것을 알았다. 그때가 되면 자연스럽게 원하던 것을 쟁취할 수 있음을 알고 기다릴 줄도 알아야 한다는 것도 깨달았다.

혹시라도 원하던 것을 하고 있지 못하고 있다면, 아직 그때가 오지 않았을 수도 있다. 그때를 기다리면서 차근차근 쌓아가자. 그렇게 쌓고 쌓다 보면 어느 순간 그 '때'가 눈앞에 도달해 있을 것이다.

타이밍에 관하여

●

타이밍도 가끔은 찰나의 순간이 아니라 당신을 기다려 주기도 한다.
하지만 그 신호를 단번에 알아채기 어렵기에 후회든 만족이든 여운은 진하다.

"아, 그때 이렇게 말할 걸, 이렇게 행동했어야 했는데."

누구나 한 번쯤은 이런 후회를 해본 적이 있을 것이다. 이러한 후회는 어떤 특정한 것에만 국한되어 있지 않고, 당신이 생각하는 모든 것에 영향을 끼칠 수 있다.

인생에 있어서 타이밍은 무엇보다도 중요하다. 너무 빨라서도, 너무 느려서도, 간발의 차로 빨라서도, 여차여차해서 늦어서도 안 되는 것이 타이밍이다. 그 모든 순간이 모두 탄식의 대상이 될 수 있기 때문이다.

그 순간의 타이밍에도 우리는 선택을 하게 되는데, 이를 자각하지 못하는 경우가 많다. 갑작스럽고 당황스러운 상황에 대해 대비하지 못한 경우가 그렇다.

대비했음에도 그렇게 못하는 경우 또한 마찬가지다. 사실은 그 순간에 당신은 아무것도 못 한 것이 아니라 그것 또한 선택한 것이다. 쉽게 말해, 고민하다 지나쳐 보내는 것도 어쩌면 선택이라는 것이다.

시험을 볼 때 주관식에 모른다고 아무것도 쓰지 못한 것이 선택이듯, 몰라도 뭐라도 써넣을 사람과 모르니까 아무것도 쓰지 않는 사람 그 모두 선택한 것이다.

누가 민 것도 아닌데 열심히 뛰다가 넘어질 때가 있다. 그럴 땐 다시 일어나 달리든, 그대로 포기하든 자신이 결정하면 된다. 그 결정은 찰나의 순간에 이루어지며 마음가짐이나 의지에 따라 당락이 정해진다. 그 후 예고도 없이 맞이한 그 결정은 준비도 안 된 결과로 이어져 성취감이 될 수도 있고, 후회의 탄식이 될 수도 있다.

그런데 그 짧은 순간, 시간을 멈춰서라도 선택을 미루고 싶을 때가 있다. 나의 몫이면서도 내 일은 아닌 양 회피하고 싶을 때가 있다. 잘할 수 있다고 자신만만하게 뛰다가 제 발에 걸려 넘어졌을 땐, 아프고 창피한 것보다 분한 마음이 더 커서 다시 일어나고 싶지 않을 때가 있다. 앞뒤 안 가리고 열심히 뛴 것부터가 잘못된 출발이었음을 인정하면서도 부정하고 싶은 것이다.

그 순간의 타이밍에 선택을 할 시간은 길지 않다. 고민으로 망설이는 순간 놓치는 것이 다반사 아닌가.

타이밍도 가끔은 찰나의 순간이 아니라 당신을 기다려 주기도 하지만 그 신호를 보통 단번에 알아채기 어렵기에 선택의 잔여물이 후회든 만족이든 여운은 진하다.

그 순간을 재지도, 따지지도 않고 온몸으로 받아들여 영광만 얻는 사람이 몇이나 되겠는가? 다만, 자책하며 주저앉더라도 넘어진 상처가 '영광의 상처'가 될 수 있도록 심기일전하여 다음 타이밍을 준비하는 것은 어떨까?

보다 나은 '나'를 위해.

사람 일이란 언제나 예측 가능하지만도 않고, 각오한 뒤에만 일어나지도 않기에 우리는 아주 갑자기 새로운 선택을 해야만 할 때가 있다.

항구에 정박해 있는 배는
안전하다

나는 선택을 주저하는 편이 아니다. 평소 원하는 것이 있다면 더 더욱 거침없다. 빠른 결정은 많은 생각을 거치지 않을 때도 있기 때문에, 손해를 보기도 하고 후회를 하기도 한다. 하지만 그만큼 나의 상태를 정확하게 인지하게 되는 일이 드물기도 하다.

그렇다면 '선택'은 어떻게 하는 것일까? 내가 생각하는 선택은 이렇다. 나에게 먼저 집중한 뒤, 우선순위를 정하는 것. 양손 가득 모든 것을 다 쥘 수는 없으나 놓치는 것이 아닌, 내가 '놓는 것'을 선택하기도 해야 한다. 만일 놓쳤다면 집착하지 말고 새로운 것을 얻으면 된다. 내 손에 쥔 것이 무엇인지 정확하게 알아야 다음 선택도 의미가 있는 것이다.

그렇게 최선을 다한 선택이었음에도 최선이 아니게 될 때가 있다. 그럴 땐 '인생은 역시 계획대로 흘러가지 않는다는 것'을, 하지만 계획에서 벗어난 길이 때로는 예상치 못한 새로운 길로 안내할 수도 있다는 것을 깨닫고 털어버리면 된다.

단 한 번의 선택이 내 삶을 결정할 수 없다. 하지만 선택의 결과는 당장 내 인생의 모든 것이 달려 있는 것 같은 마음에 조급하고, 좌절감을 느끼게도 하며 생각지 못한 좋은 소식은 앞뒤 안 가리고 달려들게도 만든다.

인생은 결국 '선택의 연속'이다. 그렇기 때문에 기대에 못 미치는 결과가 나와도, 계획에 없던 선택을 할 경우가 생겨도 '나 자신'을 자책할 필요가 없다.

이런 유명한 명언이 있다.

"항구에 정박해 있는 배는 안전하다. 그러나 배는 정박하기 위해 태어난 것이 아니다."

맞다. 바다로 나가지 않는 배는 더 이상 배가 아니다. 그저 있을 뿐이다. 안전한 선택만 하고 싶다면, 그렇게 살면 된다. 그 인생 또한 결코 틀린 것이 아니며, 어떤 선택을 하든 본인의 인생이기 때문이다.

대다수 사람이 그렇듯 나 역시 익숙하고 편한 것을 좋아한다. 내가 생각하는 범위 안에 있다는 것은 그것만으로도 충분히 나를 안정적이게 하기 때문이다.

사람 일이란 언제나 예측 가능하지만도 않고, 각오한 뒤에만 일어나지도 않는다. 그래서 우리는 아주 갑자기 새로운 선택을 해야만 할 때가 있다.

다만, 준비가 됐다면 그렇게 반경 범위를 넓혀 나가는 것이고, 준비가 되지 않았다면 나의 목표와 현재 위치를 빠르게 파악하고 다시 정비해 최선을 선택하며 나아가면 된다. 그렇게 나의 데이터를 구축해 선택 범위를 넓혀 나가는 것이다.

나는 이제 선택이 어렵지 않다. 나란 사람은 순항이 되지 않더라도, 결국엔 목적지에 도착하고야 말 것이라는 확신이 있기 때문이다.

난 늘 내가 선택할 것이다. 그게 무엇이든 간에.

기회에 관하여

●

미래의 내 모습에 오늘의 내가 보일 수 있도록 1%만큼 다가가자.
기회는 준비된 자에게 온다.

오늘의 나는 곧 미래의 '나'이다. 세상은 바꿀 수 없지만, '나 자신'
은 바꿀 수 있다. 어쩌면 꽤나 유동적인 범위에 있는 미래의 나
자신을 위해 오늘 시작해야 할 것이 있다. 바로 '미래를 위한 준
비'이다. 말은 거창하지만 사실 별거 아니다. 그저 오늘을 미래와
연결하기만 하면 된다. 지금 내가 어떤 마음으로 어떻게 사는지
가 결국 '나의 인생'을 만들기 때문이다.

수많은 사람들이 출세하지 못하는 이유는 기회가 문을 두드릴
때 뒤뜰에 나가 네잎클로버를 찾기 때문이라고 했다. 기회가 눈
앞에 왔음을 알지 못하는 사람도 있고, 알면서도 주저하는 사람
이 있다. 그런데 그 기회는 마치 언제 내려도 이상하지 않은 '7월

에 내리는 비'와 같아서 매일 우산을 준비한 사람만이 반갑게 맞이할 수 있다. 다시 말해 준비되지 않은 사람은 그 기회를 잡을 수 없고, 오직 준비된 사람만이 쟁취하여 내 것으로 만들 수 있다는 것이다.

때때로 살다 보면, 기회를 잡기 위한 나의 노력을 '애쓴다'고 표현하는 사람들이 있다. 애쓴다는 것은 마음과 힘을 다하여 무엇을 이루려고 힘쓴다는 뜻이다. 하지만 기분 탓인지 어쩐지 꼭 "네가 해봤자지 뭐. 참 피곤하게 산다."라고 들린다. 그럴 땐 정말 사기가 꺾인다. 말마따나 적당히 살아도 나쁘지 않으니, 그저 적당히 타협점을 찾고 싶기도 하다. 그럴 때마다 마음을 추스르며 에이브러햄 링컨의 명언을 떠올린다.

"나는 계속 배우면서 갖추어간다. 언젠가는 나에게도 기회가 올 것이다."

이 글은 나의 수첩 첫 번째 장에 써둔 글이다. 셀 수 없을 정도로 많은 인생의 기회가 내게 다가왔지만, 나는 이것이 기회인지 모르고 항상 지나쳤다. 아차 싶었을 때, 늦었다 싶었을 때도 기회는 잠시 나를 기다려 주고 있었는데 나는 전혀 몰랐다. 그래서 지금은 언제든 내게 올 기회를 위해 준비하고 있다. 조금 피곤하기도 하지만, 덕분에 어디라도 비벼볼 수 있다는 게 좋다.

사실 기회가 기회임을 아는 것이 가장 중요하다. 그리고 나는 반복되는 실패와 학습으로 갖추어 나가고 있다. 부족하다는 것은, 채워 넣을 부분이 있다는 것이고 보완한다면 나는 더 완성형에 가까워진다는 것이니까.

내 인생이 어떻게 되길 원하는가? 원하는 인생에 도달하기 위해 꼭 이뤄야 하는 것을 인지하고 있는가? 그렇다면 나는 그것을 이루고자 어떤 것을 노력하고 있는가?

미래의 내 모습에 오늘의 내가 보일 수 있도록, 1%만큼 다가가자. 내가 아니면 완성될 수 없는 온전히 나의 것, '나의 미래'를 위해 준비하고 갖춰 나가자. 기회는 준비된 자에게 오고, 그 기회는 내가 '0'이라면 아무 일도 일어나지 않을 것이다. 하지만 세상에 아무것도 가지지 않은 사람은 없다. 나의 1%를 찾고 그것을 쌓아 올려보자. 꼭 100%가 되지 않아도 괜찮다.

빛과 그림자가 있는 것처럼, 열심과 대충을 적당한 비율로 두고 살면 적당히 재미있는 삶, 소소한 행복이 있는 삶이지 않을까.

나는 대충 살기 위해 열심히 산다

조엘 오스틴은 미국의 유명한 종교지도자인 동시에 베스트셀러 작가이다. 그가 쓴 저서 중, 《긍정의 힘》이라는 책에서는 인생에 대해 이렇게 말한다.

"인생은 될 대로 되는 것이 아니라 생각하는 대로 되는 것이다. 자신이 어떤 마음을 먹느냐에 따라 모든 것이 결정된다. 사람은 생각하는 대로 산다. 생각하지 않고 살아가면 살아가는 대로 살아간다."

굉장히 공감하는 명언이다. 하지만 나는 생각하는 대로 살아가면서도, 생각하기 싫은 것들을 직면했을 때는 가끔은 그냥 살아가는 대로 살아가기로 했다. 어쩌면 계획이 없는 것도 내 계획의 일부다.

나는 스스로가 '럭비공'과 같다고 평가한다. 보통 사람들의 룰을 지키며 살되, 가끔 어디로 튈지 모르는 그런 사람. '계획' 반, '즉흥적인 것' 반으로 살아가는 것 같다. 시시각각으로 모든 것을 생각하며 지배하며 살기에는 내가 살짝 버겁기 때문이다. 계획이 있다는 것은 분명 좋은 것이다. 하지만 그 계획이 틀어졌을 때 받는 스트레스와 압박은 이루 말할 수 없다.

나의 '즉흥적' 행동은 그 자리에서 일어나는 감흥이나 기분에 따라 하는 것이 아니라, 고민했던 무언가가 뇌리에 꽂혀 당장 시작하게 되는 것이다. 원래도 할 계획이었지만, 당장 할 것은 아니었던 계획도 '지금이다'라는 마음이 들면 바로 실행에 옮긴다. 그렇기 때문에 나는 반만 계획적으로 사는 사람이 된 것이다.

마음속으로는 무척이나 해보고는 싶지만, 엄두가 안 나는 것들이 있다. 이를테면 직장을 갑자기 때려치우고 세계여행을 간다거나, 멋진 몸매를 만들어 바디프로필을 찍어본다거나 소소한 일탈 등 할 수는 있지만 하지 '못하는 것'과 하지 '않는 것' 그 어느 경계에 있는 것들.

나는 첫 직장을 그만두고 작가로 도전해 볼까 생각했지만, 재취업을 했다. 매일 꼬박꼬박 돈이 들어온다는 것, 그것은 끊을 수 없는 마약 같은 것이다. 내가 작가로서 성공할지 미지수인데 위험을 감당할 수 없었다. 나는 월급이 필요했다. 그래서 결단을 하지 못했다.

두 번째 직장을 그만뒀을 때는 오랜 기간 쉬며 해외여행을 할까 했으나, 2박 3일 홍콩 다녀오는 것으로 만족하며 퇴사 2주 만에 새로운 직장에 취직하게 되었다. 쉬는 텀이 길어져 재취직을 할 때 영향이 있을까 봐 몸을 사렸다. 그래서 하지 않았다.

여기서 내 계획은 첫째, 이전 직장보다 더 좋은 직장으로 이직하기. 둘째, 퇴직금으로 친구와 해외여행 다녀오기였다. 퇴직금을 탕진하겠다는 계획은 없었지만, 여행과 동시에 그동안 고마웠던 분들에게 성의를 표시하다 보니 탕진하게 되었다.

결과적으로 내 계획대로 되었다. **물론 첫 계획과는 조금 다른 방향이긴 했지만.**

중요한 건 '계획을 실행했다'는 것이다. '살다 보니 그렇게 흘러갔어'가 아닌 '내가 계획한 대로 됐어'라고 생각하는 것은 큰 차이가 있다. 별거 아닌 것에도 의미를 부여하고 나니 나는 참 대단한 사람이 된 것 같은 느낌이 들었다.

직장 동료 중 한 선생이 버킷리스트에 대해서 이렇게 말한 적이 있었다.

"나는 서른 살 되기 전에 바디프로필을 찍을 거야. 원하는 대로 몸이 안 만들어져도 사진을 남기는 것에 대해 의미를 두고, 다음

해에 또 도전해서 그때 멋있게 찍으면 되니까."

나는 이 말이 정말 멋있게 들렸다. 그 단단한 마음을 열렬히 응원했다. 그리고 재미있게도 남 일이라고 생각한 바디프로필을 내가 먼저 찍었다.

'일-집-일-집'이라는 지루한 일상 루틴을 살던 어느 날 문득 바디프로필을 찍어야겠다는 생각이 들었다. 누워있기만 좋아하고 움직이는 것을 싫어하는 집순이가 갑자기 바디프로필이라니. 아마도 하루 정도 진지하게 고민했다면 결국 내 인생에서 꿈도 못 꿀 '하지 못할 알'이 되었을 것이다.

가까운 헬스장에 전화해 관장에게 문의했다.

"운동 신경 없고, 근육 없는 일반인 여성이 100일 동안 운동해서 바디프로필을 찍을 수 있나요?"

"네, 가능합니다. 가능하게 해드리겠습니다."

이 한마디에 3개월 PT를 끊었다. 얼마인지는 이미 중요하지 않았다. 그다음 날은 스튜디오 계약을 했고, 사진 촬영을 위한 헤어&메이크업 업체도 예약 완료했다.

다시 하라면 '할 수 없다' 단언할 정도로 힘들었다. 나는 편식을 굉장히 심하게 하는 편이다. 고기를 먹다가도 잡내가 나면 못 먹고, 채소는 거들떠보지도 않은 사람이었는데 식성도 바뀌게 됐다. 입에 넣을 수만 있다면 넣었다.

너무 열심히 했던 탓일까. 무릎 부상으로 예정했던 100일보다 일주일 더 앞당겨 사진을 찍었다. '열심히 운동해서 예쁘게 찍어야지' 생각했던 마음은 점점 '얼른 찍고 끝냈으면 좋겠다'로 변질되었지만, 뭐든 완료했다는 것에 의미를 둔다면 이것 역시 성공이었다.

그리고 마침내 나는 바디프로필을 찍기 위해 53kg에서 49kg까지 4kg를 감량했고, 바디프로필을 성공적으로 마무리했다. 여담이지만, 바디프로필 종료 후 일주일 만에 10kg를 증량해 63kg가 됐다. 그리고 지금까지 63kg인 나는 별생각이 없다. 남들은 4kg를 빼고 10kg나 쪘다며 차라리 안 한 게 낫지 않냐 우스갯소리로 말했지만, 그저 해냈으니 됐다고 생각한다. 나는 이렇게 해봤기 때문에 언제고 목표가 생기면 몸을 만들고, 뺄 수 있다는 개방된 루트가 생겼기 때문이다.

나는 목표가 뚜렷한 사람이다. 팀장이라는 직책이 없는 곳에도 직책을 갖고 싶다는 목표로 직함을 만들어 냈고, 결국 실장까지 도달했다.

목표를 이루기 위해 세워 둔 큰 틀의 계획들이 있고, 그 계획들을 차례대로 클리어하며 목표를 향해 돌진하고 있다. 하지만 그 외 나머지의 잔잔바리들은 조금 자유롭게 두는 편이다. 그래서 사람들은 나를 보고 굉장히 열심히 산다고 하기도 하고, 멋지게 산다고 하기도 한다. 하고 싶다고 생각한 것들은 다 해 보는 것 같기 때문이다. 하지만 사실 나는 그저 하고 싶은 것 중, 적당히 타협할 줄 아는 사람일 뿐이다. 공략할 것은 공략하고, 아닌 것은 과감히 포기하는 것, 단지 그뿐이었다.

나는 나를 잘 안다. 너무 열심히 살기만 하면 피곤해서 오히려 아무것도 하기 싫어진다. 그래서 가끔 미루기도 하고, 늘어지기도 해야 한다. '빛'과 '그림자'가 있는 것처럼 '열심히'와 '대충'을 적당한 비율로 두고 살면 너무 퍽퍽하지 않은 '적당히' 재미있는 삶, '소소한' 행복이 있는 삶이지 않을까 싶다.

인생은 나를 완성해 가는 여행이다. 여유롭고 싶다면 바쁠 때도 있어야 하고, 대충 살고 싶다면 열심히 살기도 해야 한다. 우선순위를 선택하고 그것에 집중하기만 하면 된다.

나는 대충 살아도 잘 살고 싶다. 그렇기에 열심히 산다.

준비가 됐으면
어필하자

2015년도 6월, 나는 작은 개원치과에 입사했다. 구성원도 간단했다. 원장, 실장, 나 3명이었다. 대형 병원들 사이에서 외롭게 자리를 지키던 치과는 늘 한산했다. 하루에 환자 한 명만 볼 때도 있었다. 사람은 적응의 동물이라 했던가. 한가한 치과에 맞춰 나도 한가해졌다.

이렇게 일하고 월급을 받아도 되나 싶을 정도로 치과는 계속 한가했다. 그래서 차마 급여 얘기는 꺼내지도 못했다. 몸이 편해지고 게을러지니 나는 10만 원 덜 받더라도 한가한 데서 일하는 게 '꿀 직장' 아닌가라는 생각이 들었다.

그러던 어느 날, 네트워크 치과에서 일하는 친구와 급여 오픈을 하게 되었다. 15만 원이 차이가 났다. '15만 원이야 뭐, 각자 업무의 강도가 있으니까'라며 대수롭지 않게 생각했다.

그리고 또 어느 날, 그 친구와 또 급여를 오픈하게 되었다. 이제는 30만 원이나 차이가 났다. 갑자기 위기감이 들었다. '이렇게는 안 되겠다. 내 가치가 이 정도밖에 안 되는구나'라는 생각에 아찔했다.

하지만 한가함에 나른해 살짝 조는 직원에게 커피를 사다 주실 정도로 착하신 원장에게 "제 연차들이 이 정도 받으니까 저도 이 정도 주세요."라고 말할 수 없었다. 그래서 결심했다. 급여를 올려주고 싶은 직원, 급여가 높더라도 함께 데리고 가고 싶은 직원이 되어야겠다고.

나는 '나'에 대해 고민하기 시작했다. 내가 잘하는 것과 못하는 것에 대해 깊이 생각하고 계속 종이에 써 내려갔다. 쓰다 보니 자연스럽게 나를 돌아보는 시간을 갖게 되었다. 잘하는 것만 적을 줄 알았는데 그건 또 아니었다. 나를 정확하게 파악하려고 하다 보니 장점에서도 나의 단점이 보이기 시작했다.

내가 잘하는 것은 빠르게 일을 처리하는 것, 임시치아를 예쁘게 잘 만드는 것, 방사선 사진을 잘 찍는 것 등이 있었다. 장점에서 연결되는 단점으로는 빠르게 일을 처리하다 보니 잔 실수가 생기는 것, 임시치아를 예쁘게 만들다 보니 시간이 오래 걸리는 것, 방사선 사진이 잘 나오기 위해 환자가 많이 불편해하고 여러 장의 사진을 찍는 것 등이 있었다. 장점을 어필하려면, 단점이 개선되어야 했다.

'나'라는 직원을 상품화하는 것은 쉽지 않았다. 잘한다고 말로만 말하는 것은 의미가 없다고 생각했기에, 일을 잘하는 직원으로 보이기 위해 노력했고, 결과를 내기 위해 노력했다. 수치로 증명하고 싶었다. 그래서 실제로 시간을 단축하기 위해 시간을 재며 연습하고, 실수하지 않는 나만의 매뉴얼을 정해 일을 했다. 그것들은 얼마 지나지 않아 문서화가 되었고, 나만의 포트폴리오가 되었다.

그저 돈을 더 받고 싶어 시작한 일이었는데 준비하는 과정에서 직업의식이 생겼고, 전문성을 갖추게 되었고, 애티튜드가 달라지게 되었다. 준비된 사람이 작정하고 어필하니 환자들과 원장도 바로 변화를 느끼기 시작했다.

스스로 부족한 부분들을 채워 넣다 보니 일에 애정이 생겼고, 직업의식이 높아졌고, 자존감이 높아졌다. 환자 응대나 일 처리에 있어 기분의 영향을 받던 단점은 나의 새로운 장점이 되었다. 전문성은 갖추되, 설명하거나 안내를 할 때는 환자의 눈높이에서 하려고 했다.

'그냥 치과 선생님'에서 '친절한 치과 선생님'이 되었고 '일을 잘

하는' 치과 선생이 되었다. 이런 나의 에너지가 모두에게 전달이 되었다. 원장과 실장이 상담해도 전혀 하실 생각이 없던 환자가 내게 스케일링을 받고 임플란트를 결심하고 예약을 하고 가는 경우도 있었다.

하나하나를 신경 쓰다 보니, 둘 셋도 신경 쓰게 되었다. 내가 노력하는 부분은 원장도 동참해 주었다. 그렇게 치과 자체의 친절함과 숙련되고 빠른 일 처리에 만족하고 가신 환자들은 또 다른 환자들을 데리고 왔다. 소개에 소개가 이어지면서 환자가 늘고 매출도 늘었다.

상반기에 한 번, 하반기에 한 번, 두 번에 걸쳐 총 1년 안에 50만원 급여 인상의 쾌거를 이뤘다. 정말 짜릿한 순간이었다. 스스로 노력해서 이룬 달콤한 맛을 느낀 나는 이 직장에서 오래 머물고 싶지 않았다. 새로운 곳에서 제대로 평가받고 도약하고 싶었다. 사실 한 직장에 오래 있게 되면 재평가받기 쉽지 않다. 당시 5년차였던 나는 그곳에서 더 이상 배울 것이 없다고 판단했고, 재평가를 원했다. 진짜 내 실력에 대한 재평가. 그렇게 나는 4년을 꽉 채워 일하고 퇴사를 준비했다.

퇴사를 준비하면서 마지막까지 최선을 다한 이유는 단 하나였다. 나 같은 직원 또 만나기 어려울 것이라는 마지막 어필이었다.

나는 총 네 장의 이력서를 작성했다. 나의 경력이 담긴 이력서

한 장, 기존 치과에서의 주된 업무, 기타 업무, 잘하는 업무, 배우고 싶은 업무 등이 담긴 주관적인 업무 평가서 한 장, 희망하는 급여와 그만큼 받을 이유서 한 장, 자기소개서 한 장.

이력서는 A치과 한 군데만 넣었는데 이력서가 사이트에 오픈 되는 바람에 B치과에서 면접 제의가 왔다. 어쩌다 보니 같은 날이 면접일이 되었고, B치과부터 면접을 보게 되었다.

B치과 원장은 인상적이었다. 그리고 그런 분이 내 이력서가 인상적이라며 눈빛을 반짝였다.

"이렇게 이력서 작성하는 것은 어디서 배우신 거예요? 이런 이력서는 처음 봤어요. 그래서 제가 면접 보자고 했어요. 선생님의 자신감에 기대하는 바가 큽니다. 최근에 있던 6년차 선생님은 기대치에 도달하지 못하는 것 같아요. 하지만, 이력서를 보니 5년차인 선생님이 훨씬 더 잘 해낼 거 같아요. 선생님의 조건이 마음에 들기에 부르신 급여가 높긴 하지만 맞춰 줄 수 있습니다."

파격적인 대우였다. 수습 기간도 없었고, 인센티브도 바로 주겠다고 했다. 동년차와 비교했을 때 4~50만 원 정도를 더 받는 액수였다.

A치과 원장은 여운이 남았다. 채용공고를 올린 지 꽤 됐고, 곧 오픈 임박이었기에 내가 마지막 면접자였다.

"선생님은 정말 자신감이 있고, 욕심이 있으시네요. 저도 욕심이 있거든요. 제가 생각하는 실장의 이미지와 잘 맞는 것 같아요. 나중까지 함께해 실장을 해줬으면 하는 마음이 있어요."

치과 오픈일과 내가 출근할 수 있는 날은 일주일 정도 차이가 났다. 그래도 괜찮으니 그때 출근하면 된다고 했다. B치과보다 급여는 20만 원이 적었고, 수습 기간은 한 달이 있었고, 인센티브는 없었다. 대신 급여 협상 테이블은 열려있다고 말했다.

조건과 면접 분위기, 원장님의 분위기 등 여러 가지를 조합해 봤을 때 B치과를 선택했어야 했지만, 어쩐지 나는 A치과로 마음이 기울었다.

감상평을 짧게 하자면, B치과는 '능력치를 최대한 보여줘라. 내가 이만큼 줄 테니, 주는 만큼 일해라'였고, A치과는 '능력치를 높게 산다. 능력만큼 주겠다'였다. 같은 말이지만 내 마음에 주는 울림은 달랐다.

그날 저녁, A치과 원장으로부터 전화가 왔다.

"최종적으로 일할 사람을 결정하고 보니, 선생님이 제일 막내인데 괜찮겠어요?"

나는 망설임 없이 대답했다.

"괜찮아요, 자신 있어요."

2018년 12월, 그렇게 생각지도 못하게 막내로 입사했다. 한두 달간은 원장만 쫓아다녔다. 끊임없이 질문하고, 수정하고 맞추면서 원장의 스타일을 파악했고, 나중에는 먼저 준비해서 기다리는 여유까지 생겼다. 원장의 주력 진료가 임플란트여서 다른 선생들에게 양해를 구하고 모든 임플란트 수술에 다 들어갔다. 원장과 제일 잘 맞는 직원이 되고 싶었다. 그리고 얼마 지나지 않아 그렇게 되었다.

실장 자리가 공석이 되었을 때, 원장은 다음 연차 선생에게 곧바로 제의하지 않고 나와 번갈아 가면서 해보는 것은 어떻겠냐고 물었다. 내게는 아주 큰 제안이었다. 하지만 나는 그 제안을 거절했고, 대신 팀장 자리를 만들어달라고 했다. 그때의 나는 굳이 내가 진료실에서 날고 기는데, 데스크로 나가서 실수하고 빈틈을 보일 필요가 없다 생각했다. 후회하지 않았다. 대신, 새로운 목표가 생겼다. 실장이 되는 것.

낭중지추囊中之錐라는 사자성어가 있다. 주머니 속의 송곳이라는 뜻으로, 뾰족한 송곳은 가만히 있어도 반드시 뚫고 비어져 나오듯이 '뛰어난 재능을 가진 사람은 남의 눈에 띔'을 비유하는 말이다. 재능이라는 것은 어떤 일을 하는 데 필요한 재주와 능력, 개인이 타고난 능력과 훈련에 의해 획득된 능력을 아울러 이른다.

사실, 모든 사람이 잠재적인 재능을 가지고 있다. 다만 이 재능이 있다는 사실을 모른 채 살아가는 것일 뿐.

내가 무엇을 좋아하는지, 어떤 일을 잘하는지 적어보자. 별것 아니라고 생각했던 것이 바로 내 재능이 될 수 있다. 그저 나는 내가 잘하는 것을 하면 된다. 물론 실수도 할 수 있고, 잘못해서 버벅거릴 수도 있다. 그러면서 성장하는 것이다. 지적을 받고 나면 채워 넣을 수 있는 것이 생기는 것이고, 새로운 '나의 잘하는 것' 목록에 한 줄이 추가되는 것이다.

급여 협상 테이블은 항상 열려있다고 한 원장의 말대로, 나는 정확히 3개월 만에 원장실에 들어가게 되었다. 그리고 9개월 뒤 또 한 번의 연봉협상으로 입사했을 당시의 급여보다 50만 원을 더 받게 되었다. 1년 사이에 나는 급여도 급여지만, 눈에 띄게 성장했고 탄탄한 입지를 가지게 되었다.

막내로 입사했지만 결국 실장까지 도달했다는 것은 내가 어필에 성공했으며, 투자가치가 있는 사람임을 원장이 알아봐 주었기 때문이라고 생각한다.

잠재된 재능을 가진 나, 준비되었다면 어필하자. 분명 빛을 발할 것이다.

CHAPTER 2

태도에 관하여

기분이 만신창이가 되어 문득 목이 메고 눈물이 차올라도 좌절하며 주저앉을 틈이 없다. 기분이 태도가 되는 것만큼 멍청한 것은 또 없다.

내 인생이
오류에 직면했다

그리 오래 산 것은 아니지만 살다 보면, 그러니까 비슷한 루트를 가진 일상 하루하루를 곱씹다 보면 어느 날인가 해이해져 오류를 범할 때가 있다. 또 하필이면 무의미한 날이 겹쳐진 그런 날, 생각 없는 선택으로 초래된 오류가 치명적인 실수로 이어져 자책하며 괴로움에 넘어질 때가 있다. 뭐, 때로는 윤활제가 되기도 해 넘어갈 때도 있지만.

아무튼 이 경우 대부분의 사람들이 어제로, 아니, 두 달 전쯤, 작년 이맘때, 더 오래전으로, 다시 유년으로 돌아가 선택을 번복하고 싶어 할지도 모른다. 혹은 이미 벌써 모든 것을 인정하고 받아들여 흡수시켰거나, 아니면 아직도 실수든 뭐든 별생각 없이 사는 사람이거나.

보통 오류의 발생은 '상대방을 과소평가한 것'이거나 '나의 멘탈' 때문이다. 익숙해지면 대충하는 것이 생기곤 한다. 그리고 꼭 그럴 때 사달이 난다.

분명히 그 오류 중에는 선택할 틈이 있었지만 나는 대수로이 여기지 않았고, 아무거나 되는대로 방관했다. 그 결과, 나는 무방비상태로 치명적인 공격을 받은 패잔병이 된 것이다. 누구 탓도 할 수 없다. 내가 아무 생각 없이 방관한 것이 어찌 됐든 선택이 된 것이고, 두 손 놓고 한 그 멍청한 선택은 치명적인 결과를 초래하게 되었고, 그동안 나는 아무것도 하지 못했으니 결국에는 내가 어리석었기 때문인 것이다.

'불안한데 괜찮겠지?'라는 생각은 꼭 어떤 장치와도 같아서 넘기는 순간 대참사가 벌어지곤 한다. 영화에서도 무심코 지나간 어떤 것이 꼭 복선으로 이어지는 것처럼 말이다.

이때 실수했다고 단순히 자책하는 것이 아닌, 인정하고 문제를 객관적으로 돌아보는 기회로 삼는다면 이 정도 경험은 해볼 만하다. 인생의 교훈을 몸소 제대로 깨우치게 되는 것이다. 열심히 살다가도 단 하루 만에 따라 잡힐 수도 있다는 것, 돌아선 상대방을 과소평가하면 안 된다는 것, 감당이 안 되어 회피하는 것은 돌이킬 수 없는 결과를 불러일으킬 수 있다는 것, 그런 와중에도 일상은 나를 기다려 주지 않는다는 것을 알게 되는 것만으로도 성공의 지름길에 들어선 것이다. 어차피 겪어야 할 것이고, 언제고 한번은 실패와 좌절을 맛보게 된다. 그저 시기의 다름이 있을 뿐이다.

좌절하며 주저앉을 틈이 없다. 만신창이가 되어도 출근은 해야 하고, 나의 업무는 지장이 있어서는 안 된다. 문득 목이 메고 눈물이 차올라 코맹맹이 소리가 나더라도 걸려오는 업무 전화는 피할 수 없다. 기분이 태도가 되는 것만큼 멍청한 것은 또 없을 것이다.

연필로 쓰다 틀려서 지우개로 지워도 자국이 남고, 볼펜으로 쓰다 정정하려 화이트로 지워도 자국이 난다. 결국은 나도 같을 것이다. 시간을 돌리고 싶다 하며 두 손 놓고 억지로 회피하려 하지 않고 감당해야만 다음이 있다. 내가 자초한 일이니 수습이 되기까지 참 힘들겠지만, 오늘 노력했으니 내일은 더 괜찮아질 것이다.

언젠가 이런 질문을 받은 적이 있다.

"지금까지 살아오면서 가장 힘들었던 적이 있나요?"

나는 답변에 '기억이 안 난다. 앞으로도 그럴 것이다'라고 적었다. 정말이었다. 지금까지 살아오면서 가장 힘들었던 적을 묻는 질문에 괴롭힘을 당한 적을 떠올리지도, 모함에 친구를 잃어버린 것을 떠올리지도 못했다. 분명 그 당시에는 죽고 싶을 만큼 힘들었는데도 말이다.

지금의 나는 단단하다. 서른쯤 되어서일까. 마냥 단단하기만 한 것이 아닌, 적당한 탄성이 깃들어 두들기고 던져도 웬만해선 깨지지 않는다. 그러니 앞으로도 질문에 대한 답변처럼 힘든 일은 때때로 있겠지만, 기억은 안 날 것이다. 억지로 잊을 필요도 없이 별일이 아니게 될 테니까 말이다.

다만 조금만 힘들어하자. 마음을 쏟았으니, 마음이 힘든 것은 당연한 일이다.

멋진 어른이 되고 싶다. 예의나 배려 없는 일에 부닥쳤을 때 기분만 나빠 할 것이 아니라, 그것을 반면교사 삼아 나를 한 번 더 되돌아보는 사람이 되고 싶다.

싸가지가 없어?
때에 따라 달라지는 싸가지

'싸가지'란 말을 아는가? 아마 모르는 사람이 없을 정도로 많은 사람이 사용하는 단어일 것이다. 싸가지란 사람에 대한 예의나 배려를 속되게 이르는 말이다. 또는 그러한 예의나 배려가 없는 사람을 속되게 이르는 말이다. '싹수'의 방언이기도 하다. 흔히들 '싸가지 없다'를 '싹수가 노랗네'라고 표현하기도 한다. 식물은 단풍이 든 것을 제외하고 병이 들지 않는 한 노래지지 않는데, '싹부터 노랗다'는 것은 날 때부터 '글러먹었다'는 뜻이다.

그렇다면, 당신은 싸가지 없다는 말을 들어 본 적이 있는가? 나는 종종 듣곤 한다.

중요한 약속이 있는 날이었다. 길을 헤매고 싶지도 않고, 편하게 가고 싶은 마음에 택시를 이용하기로 했다. 타기 전, 기사에게 물어봤다.

"안녕하세요? 기사님, 저 ∞으로 가려고 하는데 혹시 아세요?"

기사는 일단 타라고 하였고, 택시는 출발했다. 10초 정도 갔나? 신호등에 걸려 대기 중에 있었는데, 대뜸 기사가 말했다.

"어디 간다고 했지? 거기 근데 어디지? 아이, 일단 그 근처 가 볼 테니 목적지 같으면 말해주쇼."

분명 타기 전에 목적지에 대해 아는지 물어봤고, 타라고 해서 탔는데 어딘지 모른다니. 짜증이 났지만 친절하게 목적지 주소를 검색해 알려주었다. 기사는 그런 나에게 짜증을 냈다.

"아니, 그렇게 말하면 어떻게 알아! 아이씨, 그러니까 거기가 어디냐고!"

나는 인내심이 그리 강하지 않은 편이다. '열 대를 맞게 되더라도 한 대는 되돌려줘야 한다'는 주의인 사람이다. 그래서 나 역시 짜증으로 대꾸했다.

"기사님이 모르시면 어떡해요? 길 몰라서 탄 건데. 모르시면 내비 찍고 가세요."

이어 들려온 기사의 대답이 가관이었다.

"아이씨, 누가 시내에서 내비를 찍고 택시 해. 말 같은 소릴 해야지."

이 정도면 싸우자는 거다. 나라고 좋게 말할 필요가 없었다.

"기사님이요, 기사님같이 시내 운전하는데도 길 모르는 사람이면 내비 찍고 가셔야죠."

내 말이 끝나자마자 기사는 안전벨트를 풀고, 뒷좌석에 앉아있는 내게 몸을 들이댔다. 때리기라도 할 것처럼 말이다.

"뭐? 어려 보이는 게 싸가지 없이 말하는 꼬라지하고는. 그딴 식으로 살지 말어!"

싸가지 없는 사람은 대체 누구인가? 나는 정말 싸가지 없는 것을 보여주기로 했다.

"아저씨, 내가 타자마자 말 싸가지 없게 했어? 존댓말 하는 손님 타자마자 반말하면서 짜증 낸 게 누군데 그래? 물어봤잖아. 타라며? 타라 해서 탔는데 왜 짜증 내? 내가 싸가지가 없어? 아저씬 있어? 반말하지 말고 가기 싫으면 내려줘!"

내가 원하는 목적지는 ∞동에서 당장 '이곳'이 되어버렸다. 나는 돈 주고 택시를 타는데도 왜 갑질을 당해야 하는지 모르겠다.

그 많은 친절한 택시 기사들과는 달리, 카드결제라고 현금지급기 앞에서 내려주며 현금으로 인출해 달라고 하는 등, 나는 유난히도 이런 경우와 심심찮게 부딪혔다. 이런 경험을 친구들에게 말하면 여자 친구들은 공감하고, 남자 친구들은 공감하지 못한다. 경험상 그런 기사들은 어린 여자 손님에게 더 함부로 대하기 때문이다. 물론 처음부터 끝까지 친절한 기사님들이 더 많다. 나 역시 직업정신 투철한 기사님들을 만나면 말할 수 없이 기분이 좋다. 하지만 간혹 접하게 되는 불쾌한 경험은, 좋은 기사님에 대한 경험을 없애버릴 정도로 강렬하게 남는다.

'싸가지 없다'는 말을 듣지 않기 위해서는 예의 바르게 행동하고, 배려 있게 행동하는 것이 옳다. 하지만 그 대상이 못된 어른은 아니다. 시대가 변하면서 이상하게 유독 싸가지 없다는 말은 본인 마음대로 휘둘리지 않는 '어린 사람'을 지칭하는 경우가 많아졌다. 특히 입맛대로 변질시킨 유교 사상이 한몫하기도 하고 나이 든 사람이 무례하게 행동하는 것을 싸가지 없다고 표현하지 않는다. 하지만 나보다 나이 든 사람이라고 해서, 예의나 배려 없는 사람을 지칭하는 '싸가지 없는 사람'에서 제외된다는 것은 불공평한 처사라고 생각한다.

나는 멋진 어른이 되고 싶다. 이런 경험을 했을 때 기분만 나빠져 할 것이 아니라 나를 돌아보고 그러지 않는 사람이 될 수 있도록 마음먹고 노력할 수 있는 사람이 되고 싶다. 그러기 위해서는 먼저 내가 할 수 있는 일부터 해야겠다. 병원에 오는 어린 고객에게 존댓말을 하는 것부터 말이다.

그리고 살아가면서 싸가지 없을 만할 때는 잠시 싸가지가 없어도 괜찮을 것 같다. 그것 또한 나를 지키는 것이니까.

친절이란 어떤 대가가 아니라, 도우미 자신의 이익이 아니라, 도움받는 사람의 유익을 위해, 도움이 필요한 사람에게 도움이 되는 것이다.

불편하고 이기적인 친절,
미안하지만 사양할게

친절에 진절머리가 나본 적이 있는가? 좀 더 정확하게는 '이기적인 친절함' 말이다. 보통 우리는 '친절을 베풀다'라고 표현한다. '베풀다'의 뜻은 무언가를 준다는 것인데 그렇다면 받는 사람 또한 베풂을 감사히 여기는 마음이 생겨야 완성되는 문장이다.

만약 받는 이가 '원치 않는 친절'을 강제로 받는다면 그때도 베푼다는 표현이 맞는 것일까? 이런 경우 '작폐'라고 표현할 수 있다. 작폐란 '작은 친절 큰 민폐'의 줄임말이다. 남이 말하기에는 친절이지만 내가 생각할 때는 민폐라고 생각하거나 남이 베푸는 친절을 친절로 받아들이지 않을 때 등 껄끄럽거나 마음에 들지 않을 때 사용하는 말이다. 상대가 필요로 하지 않을 때 베푸는 친절은 친절이 아니다. 본인 마음 편하려고 하는 친절함, 본인 위주의 보여주기식의 친절함, 받는 이를 전혀 배려하지 않는 친절함 등 나는 이것도 하나의 폭력이라고 생각한다.

대학 시절, 친구의 생일파티로 소위 핫플레이스를 방문하게 되었다. 그곳에서 한 남자가 내게 호감을 표현했는데, 오히려 친구들이 더 난리를 치며 나와 엮어주려 했다. 그날 나는 사랑니를 발치해서 저녁부터 아무것도 먹지 못해 기운이 없었다. 대화 중 배고프다 하니 그 사람은 분식이라도 먹고 들어오자고 했다. 마취 풀린 지도 한참이고, 지혈도 됐겠다, '5분이면 되겠지'라는 마음으로 따라 나갔다. 분식 트럭 쪽으로 가고 있는데 갑자기 그가 편하게 먹고 싶지 않냐고 했다. 분식을 뭘 얼마나 편하게 먹어야 할지 모르겠다는 표정으로 쳐다보니, 모텔에서 쉬면서 먹자고 했다. 더 대화할 것도 없어 친구들한테 가려고 하니, 친구들은 이미 나갔을 거라며 본인과 놀자고 질척였다. 갑자기 내 팔을 잡고 끌고 가는데, 순간 무서운 생각이 들었다. 다행히 번화가라 거리에 사람이 많았고, 나는 큰소리로 "저 그냥 집에 갈게요. 놔주세요!"라고 말했다. 주위 사람들이 쳐다보는 걸 의식해서인지 그는 내 팔을 놔주었다. 대신 자기가 집까지 데려다주겠다고 했다. 어쩔 수 없이 내 가방이랑 소지품이 친구들 자리에 있었기 때문에, 문 앞에서 잠시만 기다리라 하고 친구들에게 갔다.

친구들에게 그 남자 얘기를 하려고 하는데 친구가 눈으로 신호를 보냈다. 내 뒤에 그 사람이 나타난 것이다. 온몸에 소름이 돋았다. 천연덕스럽게 내 어깨를 감싸며 친구들에게 인사까지 했다.

그러더니 한술 더 떠 나를 이상하게 몰아가기 시작했다.

"아니, 집에 데려다준다는데 왜 그래? 내가 뭘 어떻게 한다고? 너무 과민 반응하는 거 아냐?"

거절하지 못하는 화법을 통해 꾀어내고 사람을 자기 뜻대로 휘둘렀다.

그렇다고 호락호락 당할 나도 아니다. 친구들까지 괜찮을 거라며 걱정하지 말고 같이 가라고 해서 택시를 잡아타고 집 근처에 와서 요령껏 따돌렸다.

집으로 오는 내내 그 사람은 끝까지 본인의 친절함을 주장했다. 하지만 이게 친절이 맞는 걸까?

이런 '친절함'은 너무 불편하다 못해 무섭다. 사실 친절인지도 의심스럽다. 친절을 가장한 '내 맘대로 행동'하는 게 아닌가 싶다. 친절을 받는 입장에서는 불쾌하거나, 불편한 마음을 가질 수도 있는데 그저 "나는 친절하게 대하는데 넌 왜 그래?" 혹은 "도와주려는데 왜 그래?"라며 상대방을 질타하기도 한다. 이런 행동이야말로 이기적이고 못된 행동이다. 이기적인 사람의 친절이란 '덫'과도 같다. 원치 않는 도움이라 거절하게 되면, 도리어 내가 못된 사람이 되는 덫.

　동생과 백화점에 쇼핑하러 갔다가 푸드 코트에서 식사를 한 적이 있다. 무엇을 먹을지 한참을 고민하다 사람이 비교적 덜 북적이는 곳으로 결정했다. 메뉴는 일본 음식인 스키야키였다. 생소했지만, 테이블마다 먹는 방법이 적혀 있어 참고하기로 했다. 스키야키는 일본식 샤브샤브인데, 국물에 익은 고기나 채소를 건져서 날계란을 풀어 만든 소스에 찍어 먹는 음식이다.

　나는 덜 익은 음식은 좋아하지 않는다. 고기도, 계란도 모두 익혀서 먹는다. 그래서 함께 나온 날계란 소스는 거들떠보지도 않았는데, 직원이 오더니 "어머~ 이렇게 드시는 거 아니에요."라며 내 앞에 있는 고기와 채소들을 몽땅 날계란 소스에 범벅해서 접시에 친절하게 올려주는 것이 아닌가. 내게 의사도 묻지 않은 채 한 행동에 굉장히 불쾌해서 젓가락을 내려놨더니, "어머, 싫으셨구나~ 말씀하시지."라고 말했다.

　어쩌면 이렇게 해주는 행위를 다른 사람들은 친절하다며 좋아했을지도 모른다. 하지만 나는 불쾌했다. 그 직원이 무안하였어도, 그 사람은 내게 실수한 것이 맞다. 입맛이 떨어져 더 먹지 못하고 계산하려고 하니 다들 얘기를 전해 들었는지 눈초리가 좋지 않았다. 새파랗게 어린애가 어른의 호의나 친절을 무시하고 갑질했다고 여기는 듯했다. 정말 딱 '작폐'라는 단어가 생각났다.

나는 얼마 전 이사를 했다. 계약금을 치르고 이삿짐을 옮기려다 보니, 누가 쓰던 전자레인지가 하나 있었다. 주인아저씨에게 전화했더니 놔두고 쓰라고 하였다. 위생 상태도 좋지 않았고, 별로 그 전자레인지를 쓰고 싶지 않아서 주인에게 거절의 의사를 표했다. 계속해서 주인은 "괜히 돈 쓰지 말고 그거 써~"라고 하였지만, 나는 그게 친절함이라고 느껴지지 않았다. 내가 필요가 없는데, 그게 무슨 마음 써 주는 것이고, 친절함이 될 수 있단 말인가.

살다 보면 '불편한 친절'들을 많이 겪게 된다. 철저하게 본인만 생각하고, 그 친절함을 상대방은 당연히 고마워할 것이라고 단정 짓고 행동하는 이기적인 친절.

이 이기적인 친절이 이기적일 수밖에 없는 것은 무언가의 대가를 바라기 때문이다. 이를테면 주변인들의 환심 말이다. 사실 주변 사람들은 이미 모두 그 사람을 좋은 사람이라 생각하고 있다. 나를 제외하고. 그래서 내가 불편한 기색을 드러내면 "너 왜 그래~ 너 생각해서 그런 거잖아."라고 오히려 주변인들이 더 반응하게 된다.

만일, 이런 상황에 처하게 된다면 절대 반응하지 말아야 한다. 어렵겠지만 느낀 감정을 말하면 할수록 더 깊은 딜레마에 빠지게 된다. 어릴 때는 안 보여서 하나하나 대응하고, 답답해하고 힘들어했지만 서른쯤 되니 조금은 보이기 시작했다.

여러 선택지가 있어도 내가 선택해야 할 답은 동요하지 않고, 내 갈 길 가는 것이다. 인생에서 지나가는 사람들 때문에 상처받을 필요는 없다.

아리스토텔레스의 말을 곱씹어보자.

"친절이란 어떤 대가가 아니라, 도우미 자신의 이익이 아니라, 도움받는 사람의 유익을 위해, 도움이 필요한 사람에게 도움이 되는 것이다."

타인의 감정과 시선에 휘둘리지 않고 오로시 나에게 집중해보자. 나의 작은 친절이 큰 민폐가 되지 않도록.

슬럼프에 관하여

●

잠시 슬럼프를 즐기자. 성공을 위해 슬럼프는 필요하다.
그리고 재정비하고 다시 일어서자. 바로 성공하는 이유가 될 것이다.

'슬럼프'란 운동 경기 등에서 자기 실력을 제대로 발휘하지 못하고 저조한 상태가 길게 계속되는 일, 또는 경기가 향상되지 못하고 제자리에 머물러 있는 현상을 뜻한다.

열심히 살다가 가끔 방향을 잃어버릴 때가 있다. 왜, 무엇을 위해 열심히 해왔는지 기억해내기도 전에 멈춰버릴 때가 있다. 이내 익숙하게 몸이 반응하지만 멈춰버린 생각으로 인해 의욕을 잃을 때가 있다. 그럴 때면 갑자기 아무것도 되지 않으면서 초조해지기만 한다. 끝없는 의문의 수렁에 빠진다. 현대사회에서의 '슬럼프'다.

그렇게 휘청거릴 때면 그 순간순간을 견뎌내기 힘들고, 어쩌다 주저앉게 되어 트라우마라도 생기게 되면 다시 일어서 시작하기도 힘들어지게 된다. 넘어져 있는 김에 계속 누워만 있고 싶고, 아무것도 하고 싶지 않거나 뭘 해도 의욕이 생기지 않는 순간이 찾아오기도 한다.

슬럼프와 무기력함, '번아웃'은 사실 경계 없이 곧잘 이어지기도 한다. 그럴 때면 잠시 호흡을 가다듬고 천천히 새로 도약할 '때'를 보면 된다. 절대 무기력함이나 번아웃으로 이어져서는 안 된다.

남들이 나를 어떻게 볼지 그 시선이 편하기만 한 사람은 없을 것이다. 나 역시도 나의 마음보다는 남들의 시선에 내 기분이 결정되곤 했다. 하지만 이전보다 조금 더 세상을 살 줄 아는 나는 멋지게 전화위복할 줄 안다. 그게 마치 내가 어른이 되어가고 있다는 증거 같아 내심 뿌듯하다. 나의 실수와 한계를 드러내는 것을 두려워하면서도 드러낼 수 있게 되었다.

열심히 하다 보면 아무것도 안 하고 내 마음대로 쓰는 시간이 참 달게 느껴진다. 그 기간을 잠깐 즐겨도 된다. "괜찮아, 하기 싫으면 하지 않아도 돼."라고 말이다. 그러다 결국 해야 하겠지만, 그럼에도 잠깐의 여유를 가지는 것은 중요하다. 그 여유로 마음을 위로받고 다시 일어설 힘을 얻게 되니까.

우리의 슬럼프는 성공을 위해 있는 것이다. 그러니 잠시 슬럼프를 즐기자. 그리고 재정비하고 다시 일어서자. 그것이 바로 당신이 성공하는 이유가 될 것이다.

온전히 내 인생에 집중하게 되면 하고 싶었던 일 뿐만 아니라 하기 싫은 일도 겸허히 받아들여진다. 내 마음이 둥글면, 나는 어디든 굴러갈 수 있다.

나는 포기할 때도
최선을 다한다

나는 대학 시절에 공부를 열심히 하지 않았다. 특히 1학년 때는 출석만 하는 정도였다. 그러다 중간고사의 시기가 다가왔다. 발등에 불이 떨어졌다. 벼락치기를 위해 급하게 외우려고 보니 도통 외워지지 않았다. 정확한 뜻이 뭔지 알고 외웠다면 이해하며 암기가 됐을 텐데, 일단 무작정 외우고 보니 잘못된 단어로 외우게 되고 잘 외웠더라도 금방 까먹게 되었다. 뭐 하나 외우려면 다시 앞장으로 넘어가야 했고, 결국 처음부터 차근차근 제대로 공부를 해야 했다. 하지만 시험이 다음 날인데 처음부터 할 수 없었다. 정확하게는 '그랬어야' 했지만 그러지 않았다.

결국 빠르게 암기하기 위해 줄임말을 만들었다. 시험 보기 직

전까지 줄임말을 달달달 외웠고 시험지를 받자마자 상단에 줄임말을 적었다.

줄임말은 외웠지만, 나는 결국 시험지에 답을 쓸 수 없었다. 뭐에 대한 줄임말인지 기억이 안 났기 때문이다. 이는 결국 기본이 없는 것에 대한 뻔한 결과였다. 출결의 영향도 컸지만 그렇게 나는 F를 받았다.

학점 때문에 나는 3학년임에도 1학년 후배들과 함께 이 과목을 다시 수강하게 되었다. 1학년에서 3학년이 되는 동안 실습과 학습을 통해 나름의 기본이 생겼고, 이 과목은 사실 아무것도 아니었음을 알게 되었다. 예를 들면, 길을 건너거나 운전할 때 보는 '신호등'을 정확히 아는 것과 같은 것이었다. 신호등이라고 부르는 것에 대한 이유와 어떻게 생겼는지에 대한 것과 같은 기본기였다. 신호등을 보지 못했을 때는 그저 '신호등' 글자만 열심히 외웠다면, 신호등을 알게 된 이후에는 굳이 외우지 않아도 자연스럽게 단어가 나오는 그런 것 말이다. 한 번만 제대로 봤다면 재수강할 일은 없었을 텐데, 최선을 다하지 않고 한 포기는 허무감과 함께 회의감에 빠지게 했다.

살다 보면 전력을 다하지 않고 쉽게 포기하는 것들이 있다. 사람들은 때때로 '난 안 될 거야' 지레짐작하고 포기하기도 한다. 현재의 편안함과 안정감이 좋아서, 혹은 굳이 나서서 실패하고 싶지 않기 때문이다. 지독하고 비겁한 변명이다.

똥인지 된장인지 찍어 먹어봐야 알겠냐 하는 사람도 분명 있을 것이다. 하지만, 스스로 선을 긋고, 한계를 정한다면 너무나도 지루한 삶이 될 것 같다는 생각이 들었다.

어떤 사람은 삶에 물음표가 아닌 느낌표를 던지라고 했다. 하지만 나는 물음표를 던지고 싶다. 누군가가 채점해준 정답만 확인하고 수긍하는 것이 아닌, 왜 내가 쓴 답이 정답이 아닌지 오답 풀이를 하고 나만의 정답에 가까워지는 것.

아무것도 해보지 않고 포기해야 하는 이유를 나열하기보다, 꼭 해야 하는 이유를 나열하는 사람이 되고 싶다. 그럼에도 불구하고 포기해야 한다면, 나는 분명 그 과정에서 다른 길을 열 수 있을 것이다.

작가가 되고 싶었지만 그러지 못하고 치과위생사가 되었다. 부모님이 원치 않으셨기 때문이라고 생각했지만, 사실은 성공할 만큼의 재능이 아니라고 생각했기 때문이다. '우물 안 개구리'라고 스스로를 폄하하며 포기해야 할 이유를 만들어 붙였다. 그래서 문예창작과나 국문학과가 아닌 치위생과를 선택했다. 어찌 됐든 취직은 잘 된다고 하니까.

적성에 맞지 않는 학과 공부는 직업의식이나 동기부여와는 점점 더 거리가 멀어졌고, 결국 나는 다른 직업을 생각해보기도 했다. 그래서 열심히 하지 않았다. 국가고시에 합격하면 그냥 뭐 합격했으니까 치과에 취직하는 거고, 떨어지면 그 핑계로 다른 직업을 갖고 싶기도 했다. 시험이 코앞까지 다가왔는데, 원하는 점수는 나오지 않고 마음은 불안했다. '열심히 했는데도 떨어졌네?'보다 '대충 해서 떨어졌어'가 덜 쪽팔릴 것 같았다.

그런데 딸이 치위생과를 졸업했는데 치과에 취직하지 않는다는 것은 꽤 큰 문제였나 보다. 내 점수를 듣고 걱정하는 부모님에게 "정말 최선을 다했는데 점수가 안 나온다면, 치과 일을 하지 않을 거예요. 나는 무엇이든 될 수 있어요. 치위생사가 아니더라도 밥벌이해 먹을 자신 있으니 너무 걱정하지 마세요."라고 했었다.

치과위생사라는 직업을 선택하지 않을 수 있음을 계속, 계속 암시했고, 열심히 했음에도 결과가 좋지 않을 수 있다는 것과 그래서 불가피하게 다른 직업을 선택할 수 있음에 대해 어필했다. 치과위생사가 되기 위함을 포기할 때도 나는 최선을 다했다. 최선을 다한 결과 교수님의 추천으로 입사했고, 국가고시에 합격했다. 유감스러우면서도 기뻤다.

그렇게 여차여차 시작한 치위생사 생활은 순탄치 않았다. 나는 계속해서 그만둬야 하는 이유를 만들었고, 다른 직업을 가져야 하는 이유를 만들었다. 하지만 이유 중에 내가 '무능력해서' 그만

뒤야 하는 것은 자존심이 상했다. 그래서 열심히 해도 '안 되는 이유'를 찾기 위해 노력했다. 하나하나 그렇게 도장을 깨다 보니 에이스가 되었다. 그렇게 열심히 치과위생사를 부정했는데, 이제 는 치과위생사가 아닌 나는 상상이 되지 않는다.

작가의 꿈을 포기하는 것도 13년 동안 최선을 다했다. 틈틈이 SNS에 글을 연재하기도 하고, 공모전에 응모하기도 했다. 결과가 있었던 것은 대학 교내 책자에 실려 소정의 상금을 탄 것이 다였 고 그때마다 열심히 포기했다. 포기하고 또 도전해 포기했다.

'작가를 포기하는 것'이 '치과위생사를 하게 된 길'이 열린 줄 알았는데, 아니었다. 이마저도 가는 길이었다. 결국 치과위생사이 면서 작가가 되었으니까.

나는 포기할 때도 최선을 다한다. 그래서 온전히 내 인생에 집 중하게 되고, 하고 싶었던 일 뿐만 아니라 하기 싫은 일도 겸허히 받아들여진다. 세상은 원하는 대로 굴러가지 않지만 내 마음이 둥글면, 나는 어디든 굴러갈 수 있다.

나는 포기했지만, 최선을 다해 뿌리내렸다. 단단하게 얽히고설 켜 결국 열매를 맺는다. 그런 내 인생이 맛있다.

덧없는 것에 관하여

●

내 마음은 저 하늘 밖에서 제멋대로 모였다가 흩어지는 구름의 마음을 닮았다.
뜬구름 같은 인생, 덧없다 하지 않고 얽매임 없이 곱게 살다 가리라.

'인생 덧없다' 또는 '인간관계 덧없다'라는 표현을 들어 본 적이
있을 것이다. '덧없다'라는 말은 형용사로, 알지 못하는 가운데 지
나가는 시간이 매우 빠르거나, 보람이나 쓸모가 없어 헛되고 허
전하거나, 갈피를 잡을 수 없거나 근거가 없는 경우 사용한다.

요즘 따라 주변에서 '인생무상'이라는 말을 자주 듣는다. '인생
다 부질없어' '인생 무념무상 그냥 되는대로 살자'라는 표현도 꽤
자주 들린다. 왜 내 인생을, 내 삶을 포기하고 그저 흘러가는 대
로 내버려 둔 채 덧없다고 하는 것일까?

나이가 들면서 자연스럽게 포기나 실패에 대해 덤덤해지는 것
같다. 그래서 시작해보기도 전에 결말을 미리 스스로에게 스포하

게 된다. 이미 본인의 수차례의 실패와 타인의 실패로 인한 안 봐도 눈에 뻔히 보인다는 결말의 스포 말이다. 일찌감치 포기하는 것이 시간 절약의 미학이 되기도 한다. 인생에서 충격이 사라졌다. 어쩌면 이것이 자연스러운 변화일지도 모르겠다. 안정적인 것이 좋고, 감정 소모는 하고 싶지 않고, 몸을 사리고 싶은 것. 하지만, 우리는 이렇게 함으로써 우리만의 색감을 잃어버리고 있는 중일지도 모른다.

홍자성의 채근담에는 이런 내용이 있다.

"꽃이 피니 곱더니 꽃이 지자 덧없다. 덧없음이 밉다고 피는 꽃을 마다하랴. 꽃 핀 동산의 화려함과 꽃 져버린 낙화의 처량함. 만남은 곧 이별이요 삶은 곧 죽음일진대 무엇을 슬퍼하고 무엇을 기뻐하랴. 내 마음은 저 하늘 밖에서 제멋대로 모였다가 흩어지는 구름의 마음을 닮았다. 뜬구름 같은 인생, 덧없다 하지 않고 얽매임 없이 곱게 살다 가리라."

인생이 덧없는 것 같아도, 인간관계가 덧없는 것 같아도 때로 그 덧없다고 생각했던 것들이 내 가슴을 떨리게 한다.

그러니, 그래도 살아보자. 최선을 다해 살아내 보자. 어쩌면 덧없는 것은 없을지도 모른다. 내 마음과 내 인생, 덧없다 살지 말고 얽매임 없이 살아보자. 얽매임이 사라지는 순간 내 인생이 온전히 존재하게 될 것이다.

열심히 한다는 것은 결국 본인을 위한 행동이다. 열심히 했는데 좋은 결과가 없다고 억울해하고 부조리하다고 소리친다고 달라지는 것은 없다.

내가
꼰대 라떼?

근무하는 치과에 실습생이 한 명 들어왔다. 어떤 치과에서는 정말 일손이 필요해 실습생을 받기도 하고, 어떤 치과에서는 해당 대학과 협력 차 실습생을 받기도 한다. 우리 치과의 경우 둘 다 아니었다. 그저 개원 이래 한 번도 실습생과 일한 적이 없었기에 경험 차 받아보기로 한 것이 전부였다.

치과의원 또는 치과병원으로 실습을 나오게 되면, 실습 케이스에 대한 임상 실습일지를 작성하게 된다. 그렇게 실습기간 동안 작성한 실습일지와 실습생에 대한 치과 측의 평가는 학점이 된다. 대학교의 거창한 커리큘럼 및 계획과는 달리 사실 실습생이 치과에서 할 수 있는 일은 많지 않다. 실습생 신분에서 할 업무와 실제 치과위생사로서의 업무는 큰 차이가 있기 때문이다. 특히 나는 진료팀장으로서 우리 치과의 환자가 실습생의 마루타가 되는 것을 원치 않았다. 그 업무가 별것이든, 별것이 아니든 말이다.

진심으로 실습생에게 바라는 것이 없었다. 그저 실습생이 미래의 치과위생사로서 우리가 어떤 마음가짐으로 진료에 임하게 되는지, 우리의 업무는 무엇인지, 글로 배우기만 한 내용을 실제로 어떻게 진료하게 되는지, 각기 다른 능력을 어떻게 활용하는지 알았으면 했다. 그렇게 현실과 상상 속의 모습이 일치하지만은 않다는 걸 깨닫게 되면 더 좋고.

그래서 원장님을 따라다니며 진료에 방해되지 않는 선에서 실습일지 작성을 위한 임상케이스 수집을 편하게 하라고 했다.

여기서 '라떼는 말이야~'하고 말하자면 내가 실습생 시절에는 출근 10분 전에 미리 가서 기다리기, 기구 세척 및 청소, 기구나 재료 정리 등의 잡업무 도맡아 하기, 눈치껏 선생님들 옆에서 어시스트하면서 일하기 등이 암묵적인 룰이었다. 임상케이스를 끝까지 볼 겨를도 없었고, 원하는 진료를 선택해 볼 수도 없었다. 누구도 실습생의 입장을 고려해주지 않기에 알아서 해야만 했다.

그 고충을 잘 알고 있었기 때문에 실습생에게 질문이 있다면 편하게 질문하라 했고, 사진 촬영이 필요하다면 하도록 했다. 실제 환자에게 하는 것을 제외한 실습은 원하면 해봐도 좋다고 했다. 다만, 기구 세척 등의 업무는 우리의 업무이기 때문에, 잔심부름을 포함한 모든 잡업무는 하지 않도록 했다.

그렇게 일주일이 지나고 첫 실습일지 검사를 받는 날이었다. 꽉꽉 채워온 실습일지에 대단히 실망하게 되었다. 실습일지는 우리 치과에서 한 진료와는 전혀 다른 내용으로 가득 차 있었다. 우리가 사용하지 않는 기구에 대한 명칭이 적혀 있는 것은 기본이었다. 한 번도 그렇게 설명한 적 없는 주의사항과 우리 치과에서 배부하지 않는 주의사항을 실습일지에 붙여놔 마치 우리 치과에서 그렇게 하는 것처럼 보였다.

실습생에게 화낼 일이 있을 리가 없다 단언했지만, 그것은 큰 오산이었다. 굉장히 불쾌했다. 그래도 '그럴 수 있지. 물어보기 쉽지 않았을 테고, 스스로 잘하고 싶은 욕심이 있었겠지'하는 마음에 실습생에게 차분히 말했다.

"우리 치과에서는 주의사항을 이렇게 설명하고 있어요. 실습일지에 붙일 종이가 필요하다면 비치된 것을 줄게요. 모르는 것이 있으면 책을 찾아서 임의로 작성하기 전에, 먼저 진료실 선생님께 질문하는 게 맞을 것 같아요. 모두 친절히 알려주실 거예요."

그날, 이렇게 말한 뒤 나를 포함해 진료실 선생들이 실습일지를 토대로 하나하나 다 알려줬다. 참 친절하게도 말이다.

역시 이렇게 훈훈하게 이야기가 끝나면 재미없는지, 다음 실습일지는 더 형편없었다. 마찬가지로 제멋대로 써놓은 실습일지에 화가 났다. 같은 학교 출신이기에 더 신경을 썼고 기대한 만큼 실망도 컸다. 모르는 것은 알려줄 수 있다. 실수도 할 수 있다. 그래서 한 번 더 말했다.

"우리 치과에서는 이 기구를 사용하지 않아요. 구입한 적이 없기 때문이죠. 저희는 절대 이렇게 설명하지 않아요. 한 번이라도 주의사항을 끝까지 들었거나, 주의사항을 말한 선생님에게 어떤 것에 대해 말하는 건지 물어봤다면 이런 식의 실습일지는 쓰지 않았을 것 같아요. 저희가 아무것도 시키지 않고, 원장님을 따라다니며 실습일지를 잘 쓸 수 있도록 배려했는데도 마음대로 채워 넣는 것은 아닌 것 같아요. 그렇죠? 모르는 게 있으면 물어보세요."

이렇게 말하고도 실습 기간 내내 눈치 보일 실습생을 배려하려고 노력했다. 간식을 먹게 되면 먼저 챙겼고, 궁금한 눈치라면 먼저 얘기해 주었다. 쉴 때는 편하게 쉬었으면 해서 긴장 풀리도록 얘기도 많이 했다. 물론 이런 것들이 내 입장에서만 배려일 수 있겠지만, 나도 충분히 노력했다. 그리고 이런 말을 할 때는 항상 기분 나쁘지 않게 얘기하려고 노력했다.

아마도 그 실습생은 이런 나의 배려를 몰랐을 것이다. 그러니 이 사달이 났겠지.

세 번째 실습일지는 속된 말로 '빡치게' 했다. 하루 종일 원장과 우리가 일하는 것만 보고 적기만 하는데도 실습일지를 이렇게 쓸 수 있다니. 게다가 환자가 지나가는 동선에 길을 막고 서서 움직임에 방해하지를 않나, 진료 보는 술자의 시야를 가려서 업무에 지장을 주질 않나… 도와주겠다고 나선 건 정말 예쁜 태도였지만 본인 마음대로 행동해 화가 난 환자들의 컴플레인을 처리한 건 내 몫이 되었음에도 죄송하다는 한마디조차 없었다. 일을 두 번 하게 되는 것은 그렇다 하더라도 태도가 마음에 들지 않아 더 이상 참을 수 없었다. 내가 왜 실습생 때문에 스트레스를 받아 가며 일해야 하는지 알 수 없었다.

"내가 진료팀장인 걸 고맙게 생각해요. 내가 실장이어서 실습생에 대한 점수를 줘야 한다면 줄 점수가 없고, 왜 점수를 줄 수 없는지에 대한 의견을 A4용지 서너 장에 합리적인 이유를 적어 학교로 보냈을 거예요."

듣는 사람의 마음을 나도 헤아리며 말하고 싶었지만, 유감스럽게도 내 인내심은 그리 좋지 못했다. 너무 쏘아붙인 것 같아 심호흡 한 번 하고 타이르듯 말했다.

"지금이야 실습생이라 그렇다 하더라도 이제 한 학기만 지나면 돈 받고 일하는 직원이 될 텐데, 이렇게 일하시면 안 돼요. 마음대로 판단해서 일하는 게 아니라, 규칙과 정해진 틀이 있다면 그 안에서 일 처리를 해야 할 때가 있어요."

다음날, 치위생과 교수들이 오셨다. 이게 무슨 큰일이라고 교수들이 오는지 이해되지 않았다. 나중에야 실습생 부모님이 신문고와 국민청원에 올린다고 한 것을 전해 들었다. 인생을 살면서 안 겪어도 될 일을 겪는다는 것은 뭐랄까, 굉장히 유감스러웠다. 어떻게 올렸을지 짐작은 됐지만 궁금하기도 했다. 나는 그날 원장에게 정말 우리 치과 이름과 함께 글을 게시했다면 명예훼손으로 고소하겠다고 했다.

모교의 교수님이다 보니 나와도 면담을 하게 되었는데, 그때 하신 말씀이 참 기억에 남는다.

"이슬이야 똑 부러지는 성격인 거 알지만, 실습생은 마음이 참 여려. 너 때는 설거지도 하고 개인적인 심부름도 하고 참고 일했지만, 이제는 시대가 바뀌어서 그러지 않아~ 그러면 안 돼."

시대가 바뀌면 실습생은 잘못한 행동을 지적받으면 도리어 화를 내고, 잘못을 지적해야만 하는 나는 참아야 하는 건가? 이해할 수 없었다. 교수님에게 내 생각을 명확히 말했다.

"다시 시간을 되돌려도 저는 똑같이 했을 거예요. 저도 참아야 할 이유가 없지요."

차라리 내가 괴롭혔거나 욕을 했으면 덜 억울했을 텐데, 사실과 다르게 왜곡해서 일이 이렇게 커져 실습생도 내 얼굴을 보기 힘들 테고, 나도 도저히 웃을 수가 없었다. 이래저래 일주일 남은 기간을 다 채우지 않고 실습은 종료되었다.

실습생은 분명 열심히 했을 것이다. 하지만 열심히 한다고만 해서 모두 결과가 좋은 것은 아니다. 각자 생각하는 바가 다르고 방향이 다르기 때문이다. 운동하기 전 근육을 다치지 않으려면 스트레칭이 중요하지만, 스트레칭을 제대로 잘한다고 해서 결승점까지 완주하거나 메달을 따는 쾌거를 이루지는 못할 수도 있다.

열심히 한다는 것은 결국 본인을 위한 행동이다. 본인 나름은 열심히 했겠지만, 그 '열심'이 상대가 봤을 때 '열심'이 아닐 수 있다. 또, 열심히 했는데 좋은 결과가 없다면 아무 소용없다. 안타깝지만 현실이다. '난 열심히 했는데'라며 억울해하고 부조리하다고 소리친다고 달라지는 것은 없다.

열심히 했는데도 내가 원했던 방향대로 가지 않는다면 내 목표가 무엇이었는지 다시 한번 되새겨봐야 한다. 애초에 나는 무엇을 얻기 위해 열심히 하고 있었는지 되돌아보고 스스로 깨우쳐야만 한다. 아무리 옆에서 아니라고 외쳐도 본인이 느끼지 못하면 소귀에 경 읽기다.

내 '열심'을 아무도 알아주지 않는다고 하더라도 실망하지 말라. 다시 방향을 재설정하고 앞으로 나아간다면 '다음' 기회나 '다른' 기회가 내 앞에 나타날 것이다.

청춘에 관하여

●

현명한 사람은 인생을 음미하면서 열심히 살아간다. 참으로 위대한 일은 언제나
서서히 이루어지고, 한번 흘러간 인생은 다시 돌아오지 않기 때문이다.

헤르만 헤세의 시 <봄의 말> 중에 이런 말이 있다.

"어린애마다 알고 있습니다. 봄이 말하는 것을. 살아라, 자라라,
꽃피라, 희망하라, 사랑하라, 기뻐하라, 새싹을 내밀라. 몸을 던지
고 삶을 두려워하지 말라!"

청춘이란, 명사로 새싹이 파랗게 돋아나는 봄철이라는 뜻이다.

청춘! 내가 생각하는 청춘도 그런 것이었다. 구상했던 것을 내
인생이라는 도화지에 거침없이 스케치하는 것, 나만의 방식으로
멋지게 채워 넣는 것! 나는 지금 '나'라는 도화지에 거침없이 채워
넣는 중이다. 도화지 한구석에는 새벽 밤하늘도 있고, 그 옆에는
넓고 투명한 바다도 있고, 그 옆에는 무지개도 있다. 어울리지 않

는 구도와 색감 등은 지금 중요하지 않다. 그저 '내가' 채워 넣어 가고 있다는 것이 중요하다.

청춘이 아름다운 이유는 단지 젊고 어린 시절이었기 때문이 아니다. 우리는 나이가 들어서도 늘 청춘을 품고 살게 된다. 그래서 많은 이들이 청춘에 대해 말하기를, "삶을 사랑하고, 도전을 두려워하지 말라."라고 한다.

성년부중래盛年不重來라는 말이 있다. 젊음은 두 번 오지 않는다는 뜻으로, 청춘을 낭비하지 말라는 말이다.

"아프니까 청춘이다."라는 말이 책과 함께 한 때 유행했다. 나는 그 책을 읽고 싶지 않았다. 아프니까 청춘이라니, 왠지 읽으면 당연한 말에 아플 것만 같았다. 이제는 그 말이 조금은 이해가 될 것 같기도 하다. '아프니까 청춘이다'는 어쩌면 청춘이기 때문에 여기저기 부딪혀 볼 수 있는 거고, 그 과정에서 영광의 상처와 훈장을 얻을 수도 있다는 말이 아닐까? 나이가 들면 들수록 책임져야 하는 것들이 많아진다. 책임지는 것이 많아지면 포기하고 희생해야 하는 것도 자연스럽게 많아진다. 지금 시기에만 할 수 있는 '멋모르고 부딪혀 봄'을 이르는 것이 아닐까.

아프긴 싫지만, 내 청춘!

조지 휫필드는 일기에 이렇게 기록하였다.

"나는 녹슬어 없어지기보다, 닳아 없어지기를 원하노라."

자기관리란
나만의 정원을 가꾸는 것

자기관리란 나만의 정원을 가꾸는 일과 같다. 정원에 어떤 꽃을 심고, 어떻게 가꿀지는 본인이 결정할 일이다. 과일나무로 채울 수도 있고, 꽃으로 채울 수도 있고, 숲으로 가꿀 수도 있다.

자기관리는 흔히들 생각하는 몸매관리, 건강관리, 지식습득 등만을 말하는 것이 아니다. 자에 딱 잰 듯한 틀이 있는 것도, 정해진 길이 있는 것도 아니다.

모델 케이트 모스는 이렇게 말했다.

"어떻게 보이느냐보다 당신이 어떤 사람인지가 중요해요. 그걸 확실히 알 수 있다면 가장 아름다운 사람이 될 수 있어요. 내면의 아름다움을 갖춰야 진정한 아름다움을 가질 수 있지요."

나의 정원은 남들이 보기에도 좋고, 주인인 내가 보기에도 좋은 정원이었으면 한다. 쉬고 싶을 때 쉴 수 있고, 여유롭게 즐기다가 고장 난 부분이 있으면 수리하고 보완할 수 있는 그런 정원 말이다.

나는 어릴 때부터 멋진 어른을 동경했다. 나 스스로 인정할 수 있는 멋진 어른이 되고 싶었다. 물론 현실에서의 나는 아직 어리고, 모자라고 부족한 점도 많고, 배울 것도 많지만 앞으로 더 채워나가면서 나만의 정원을 가꾸고 싶다.

내게는 나만의 '자기관리법'이 있다. 나만의 자기관리 첫 번째는, 배움을 게을리하지 않는 것이다. 나이와 근무 연차는 세월이 가면 자연스럽게 쌓이는 것이나, 지식은 그렇지 않다. 언제든 열린 눈과 열린 마음으로 배움을 받아들여 나를 채워가고 있다. 어린아이에게도 배울 점은 있다. 그렇게 채운 배움을 언제, 누가, 어떻게 내게 질문을 하더라도 자신 있게 답변을 내놓고 싶다.

나만의 자기관리 두 번째는, 도전을 게을리하지 않는 것이다. 해보기도 전에 실패부터 시뮬레이션하는 습관은 버려야 한다. 실패할 이유가 분명하다면, 성공할 이유도 분명히 존재한다. 남의 결과물만을 보고 '안 될 거야.'라고 생각하지 말고, 왜 안 되는지 이유부터 생각해보고, 내게도 적용해보자. 안 되는 이유를 스스로 납득할 때까지 말이다. 나는 포기할 때도 최선을 다한다.

나만의 자기관리 세 번째로, 끊임없이 자기개발을 계획한다. 거창한 것은 아니더라도, 1년 단위의 계획을 세워 나를 조금씩 완성시킨다.

작년의 나는 치과위생사로서 기반을 다지는 데 최선을 다했고, 그 결과 '치과건강보험컨설턴트'라는 타이틀을 얻게 되었다.

나만의 자기관리 마지막은, 원하는 것을 구체적으로 시각화해서 행동하는 것이다. '명함이 있었으면 좋겠어.'라는 생각은 실제 명함을 만들도록 행동하게 했고, '네이버 인물검색에 내가 나왔으면 좋겠어.'라는 생각 또한 현실로 이어졌다. '에세이 작가가 되고 싶어.'라든가 '다온 소속 강사가 되고 싶어.'라는 생각은 현재 진행 중이다. 나는 이렇게 나를 관리하고 있다. 내가 좀 더 멋진 어른이 될 수 있도록 열심히 달리다가 나의 정원에서 잠시 쉬었다 갈 수 있도록 말이다.

가끔 실수도 하고, 좌절도 하고, 그런 내 자신이 한심하고 한없이 작아 보일 때가 있다. 퍼질러진 내 모습이, 넘어져 나뒹구는 내 모습이 초라해 보일 때도 있다. 그럴 때 잘 가꿔놓은 내 정원에서 잠깐 쉴 수 있도록 '나의 정원'을 지금부터 만들어 가보면 어떨까.

기본에 관하여

●

군자는 기초를 다지는 데에 힘쓴다.
기초가 제대로 서면 나아갈 길이 눈앞에 생기기 때문이다.

논어의 학이편 제2장, 유자가 말한 내용 중에는 이런 말이 있다.

"사람 됨됨이가 부모에게 효도하고 형들에게 공손하면서 걸핏하면 윗사람들에게 대거리하는 사람은 드물다. 윗사람에게 대거리하기를 반대하면서 툭하면 공동체에서 혼란을 부추기는 사람은 아직 없었다. 군자는 기초를 다지는 데에 힘쓴다. 기초가 제대로 서면 나아갈 길이 눈앞에 생기기 때문이다. 효도와 공손은 틀림없이 사람다움을 여는 뿌리일 것이다."

이 구절에서 유명한 성어가 있다. 본립이도생本立而道生으로, 기본이 서면 나아갈 길이 생긴다는 뜻이다.

모든 일에는 기초와 근본이 중요하다. 삼풍백화점과 성수대교가 붕괴된 것은 결국 기본의 부재였다. 부실공사로 쌓아 올린 것은 결국 많은 사상자를 내며 무너졌다.

모든 일이 마찬가지다. 기본은 사물이나 현상, 이론, 시설 따위를 이루는 바탕을 말한다. 이 기본이 없으면 시작은 할 수 있어도 계속 성취하며 나아갈 수 없다. '기본이 없다'는 아무것도 없다는 것과 같다.

무엇을 하려고 할 때 처음에 반드시 내 것으로 갖추어야 할 자질이 있다. 그 자질을 갖추고 준비를 하는 데 시간이 적게 걸리기도 하고 많이 걸리기도 한다. 한층 한층 쌓아가는 게 힘들어 때로는 무시하고 건너뛰기도 한다.

그저 멀리서 바라본 사람들의 성공한 모습을 보며 나도 성공하고 싶은 마음에 조급해진다. 그래서 주식에 성공한 사람을 보며 기본기 없이 주식에 뛰어들기도 하고, 자영업에 성공한 사람들을 보며 장사에 대한 이해도 없이 장사에 뛰어들기도 한다. 그 사람들이 그만큼 이루기 위해서 얼마나 노력했는지, 어떤 시행착오를 겪었는지는 보지 않고 말이다. 이는 빠르게 망하는 지름길이다. 이것이야말로 '부실공사'인 것이다.

당신은 어떠한가? 내 인생을 '담보'로 부실공사를 하고 있지는 않은가? 그렇다면 잠시 멈추어보자.

영국의 사상가 토머스 칼라일은 이렇게 말했다.

"분명한 목적이 있는 사람은 험난한 길에서도 앞으로 나아가고, 아무런 목적이 없는 사람은 순탄한 길에서도 앞으로 나아가지 못한다."

목표가 있다면 그 목표를 달성하기 위한 기본을 갖추자. 언제이고 도전할 수 있으며, 다가올 기회를 잡을 수 있으며, 타이밍을 만들어 낼 수 있는 탄탄함을 갖추자.

타이밍, 기회, 운 그 어느 것이 다 따라와 주더라도 기본이 되어 있지 않으면 결코 유지할 수 없다. 반대로 어려운 일이 닥칠 때라도 기본이 다져져 있으면 크게 염려할 것이 없다. 그것이 결국 나의 '품격'이 될지도

CHAPTER 3

실패에 관하여

실패에 관하여

●

열심히 했는데 결과가 나오지 않는다고 좌절하고 실패했다고 단정 짓지 말자.
우리는 성장의 뿌리를 열심히 내리는 중이다.

나이가 들면서 자연스럽게 실패에 대해 덤덤해지고 있다. 물론
속이 쓰리지 않은 것은 아니다. 괜찮지 않기도 하지만 좀 더 의연
하게 대처할 수 있게 되고, 금방 털고 일어나기도 한다.

좀 더 어렸을 때는 열심히 했음에도 얻을 수 없는 결과 하나하
나가 마치 실패자의 낙인이 찍힌 듯 충격적이었고 꽤 오랜 시간
회복하지 못했다.

내가 아등바등 도출한 답이 우습게도 다른 이의 수많은 선택지
중 하나일 때, 감히 비교조차 되지 않아 스스로가 초라하고 먼지
같을 때, 나는 밤하늘의 떠 있는 별의 수만큼 좌절했다.

하지만 이런 생각을 했던 내가 더 이상 억울해하지 않고 실패

했다고 생각하지 않는 이유는, '해봤기' 때문이었다. 사실 열심히 했지만 정말 죽을 만큼 열심히 한 것은 아니었다. 그렇다고 열심히 하지 않은 것도 아니다. 열심히 했지만 다만 결과가 그랬을 뿐이다. 다른 사람이 더 노력했다고 해서 내가 노력을 안 한 것은 아니니까. 성공한 사람은 아마도 나보다 더 열심히, 죽어라 했겠지. 대단할 뿐이었다. 그리고 그 사람은 내 목표가 되었다.

실패하지 않고 단번에 성공하면 좋겠지만, 실패하면 아무렴 어떤가. 실패에 대한 태도에 따라 실패도 달라질 수 있다. 얻는 것 없이 억울하기만 한 실패는 진짜 실패다. 내 탓이 아니어도 실패할 수 있기 때문이다. 어떤 것이든 인정하고 나면 좀 더 극복하고 이겨낼 수 있다.

모소대나무에 대하여 들은 적이 있는가? 모소대나무는 씨앗을 뿌리고 4년 동안은 3cm 정도밖에 자라지 않는다. 4년 동안 3cm라면 1년에 1cm도 자라지 않는다는 것이다. 그러다 5년이 되는 해부터는 매일 30cm가량씩 6주 동안 자라는데, 무려 15m 이상까지 자라 순식간에 울창한 숲을 이룬다. 땅 위에서 바라봤을 때 자라지 않는 것처럼 보였지만 사실은 땅속에 단단하게 뿌리 내리는 과정이었던 것이다. 4년 동안 깊고 넓게 뿌리를 내린 모소대나무는 비록 바람에는 흔들릴지언정 꺾이지 않는다.

겉보기에 멀쩡했는데 썩어가고 있는 뿌리가 있고, 죽은 줄 알

앉는데 그 부위만 잘라내 주면 다시 살아나는 뿌리가 있고, 얼기설기 단단하게 박혀있는 뿌리가 있다. 흙 속에 묻혀 있는 뿌리는 땅속을 파보기 전에는 아무도 알지 못한다.

우리는 똑같이 햇빛을 맞고, 물을 흡수했음에도 자라지 않음에 초조해한다. 무언가 잘못된 것이 틀림없다며 좌절하고 실패했다고 미리 단정한다.

어쩌면 아무것도 이루지 못한 지금 모소대나무처럼 뿌리를 내리고 있을지도 모른다. 열심히 했는데 결과가 나오지 않는다고 좌절하고 실패했다고 단정 짓지 말자. 우리는 성장의 뿌리를 열심히 내리는 중이다. 흔들려도 괜찮다. 잠시 쉬어도 괜찮다. 우리는 성공하고 있는 중이다.

모든 답이 정해졌지만, 나의 답이 존재하지 않을 때 운명은 나를 또 다른 답으로 맞닥뜨리게 한다. 나는 그것을 운명이라고 생각한다.

불확실한 미래에 행복하기 위해 '지금의 나'를 불행하게 방치하지 말자. 오직 지금의 나만이 나를 사랑해주고 보듬어 줄 수 있다.

첫 취업,
나는 나를 위해 퇴사했다

치위생과를 졸업해 치과위생사가 된 나에게 치과위생사란 더도 말고 덜도 말고 회사원과 같은 의미였다. 주말도 있고, 저녁이 있는 적당히 일하고 적당히 먹고살 수 있는 직업, 딱 그 정도.

이른 아침에 일어나 여유롭게 출근하고, 직원들과 함께 커피 한잔하며 점심시간을 보내고, 퇴근해서 여가 생활을 하는 흔한 상상을 했었다. 하지만, 처음 겪은 사회생활의 현실은 녹록하지 않았다.

나의 첫 사회생활은 교수님 추천으로 시작되었다. 추천으로 입사하게 된 거라 면접 없이 인사하러 간 자리였는데 어쩌다 직원들과 점심을 함께하게 되었다. 실장님은 "반가워요. 앞으로 잘해

봅시다."라는 말 대신에 "나였으면 여기 안 왔다."라고 하였다. 몇 년이 지났는데도 그 숨 막히는 분위기가 아직도 기억에 남는다. 그만둘 타이밍은 사실 그때 내게 주어졌는데 신호를 알고도 모른 척을 했다. 근무를 시작하게 되면 달라질 것이라는 안일한 생각과 함께.

특히 눈치껏 하는 게 가장 힘들었는데, 아무리 눈치껏 해도 그 눈치는 내게는 제외였다. 뭘 해도 '나'였기 때문에 틀린 답이었다. 가장 많이 들었던 말은 간호조무사의 "치과위생사라며 그것도 몰라?"였다. 나는 그때마다 속으로 "네, 몰라요. 이런 건 학교에서 안 알려줘요. 모르니까 물어본 거예요."라고 대꾸하고 싶었다. 알아서 행동하면 "우리 치과에서는 이렇게 안 해. 모르면 좀 물어봐. 네 맘대로 하지 말고"라고 했다. 그래서 다시 물어보면 돌아온 대답은, "치과위생사면서 그것도 몰라?"였다. 도대체 어떻게 하라는 건지, 이러지도 저러지도 못한 채 속으로 끙끙 앓기만 했다.

병원의 분위기 때문에 그랬을까? 환자들도 예의를 지키지 않았다. 아무도 내게 제대로 된 호칭을 불러주지 않았다. "어이, 핸드폰 좀 가져와 봐." "아가씨, 이가 아프니까 치과 왔겠지. 당연한 걸 물어보고 그래." "언니, 많이 기다려야 해?" 이렇듯 막 대하는 사람, 화풀이하는 사람, 반말하는 사람 등 나를 힘들게 하는 사람들은 많았지만, 그들에게 변명하거나 만회할 틈 따위는 없었다.

한두 번 보고 말 사람들이라 생각하면 그만이었지만, 그런 사람들 수십 명을 매일 상대해야만 했다.

내가 겪어야 할 사회가 이럴 것이라고 아무도 말해주지 않았다. 매 순간이 당황스러웠다. 웃을 수 없는데 웃어야만 했고, 억지로라도 웃으면 비웃음을 당했다. 일이 힘들어서, 사람이 힘들어서 출근하는 6일 중 3일 정도는 퇴근하며 울었다. 남은 3일은 아침저녁으로 울었다. 중학생 때 겪은 왕따보다 더 지독했다.

힘들었지만 참 열심히 했다. 잔뜩 기합 넣고 30분 일찍 출근하는 것부터 시작했다. 모두가 출근하는 시간대에는 커피를 마실 여유도 없이 전쟁통과 같은 진료실로 뛰어 들어가야 했기에 결정한 일이었다. 진료실 청소를 모두 끝내놓고, 매일 아침 해야 하는 진료 준비를 거의 다 끝낼 때쯤 선생님들이 출근하였다. 10분이라도 여유롭게 쉬다가 진료를 시작했으면 해서 시작한 일이었다. 그리고 이쁨받고 싶기도 했다.

칭찬받고 싶었던 마음과는 달리 나는 전혀 내색하지 못했다. 일찍 출근해 진료 준비를 끝낸 나를 보는 선생님들은 알 수 없는 표정을 지었다. 침묵의 시간이 한참 지난 뒤 내게 들려온 것은 한숨과 핀잔이었다.

"너 때문에 출근 시간 앞당겨지기만 해봐."

처참했다.

어느 날, 엄마랑 전화 통화를 하는데 요즘 일이 너무 힘들다고 했더니 "남들도 다 똑같아. 원래 첫 직장은 다 힘들어. 첫 직장인데 1년은 다녀야지."라고 했다. 그 말이 정말 나를 화나게 했고, 수치스럽게 했다. 꼭 "그러니까 네가 잘했어야지. 다 비슷한데 왜 너만 유난이니?"라고 말하는 것만 같았다. 왜 내 힘듦의 기준을 남에게 맞춰 소리 내야 하지? 왜 남들도 다 그렇게 버틴다는 말로 숨도 못 쉬게 입과 마음을 닫게 하는지 이해할 수 없었다.

잘 해내면 당연한 일이 되었고, 기구가 망가지거나 제자리에 없게 되면 나는 본 적도 만진 적도 없지만 내 탓이 되었다. 모든 실수는 다 내가 가져가야만 했다. 억울해도 억울하다고 말하지 못했다.

매일 1~2시간을 초과 근무했다. 쌓여 있는 기구 씻을 틈도 없이 바빴지만, 쌓여 있기만 하면 내 역량 부족이 되는 것이 싫어 고무장갑을 끼지도 못하고 기구 세척을 했다. 고무장갑 끼고 벗는 시간이라도 아끼자는 생각이었다. 제대로 물기를 닦지도 못하고 핸드크림 바를 틈도 없이 건조해져 버린 손은 습진이 와서 손등까지 갈라졌다. 바람에 스쳐도 아릴 정도로 심각했지만, 손에 신경 쓸 겨를이 없었다. 그렇게 바쁜 치과였고, 내 황량해진 마음도 바빴다.

한번은 급하게 기구를 씻다가 핀셋에 손이 찢긴 적이 있었다.

피가 많이 나와 대충 휴지로 감싸고 글러브를 꼈다. 나 역시도 바쁜 와중에 병원에 다녀올 마음은 없었지만, 걱정 대신 "일하는 데 지장 주지 마."라는 말을 들으니 마음이 좋지 않았다.

그래도 견뎌냈다. 나는 정말 오기 하나로만 버텼었다. 그렇게 버티다 버티다 결국 1년 2개월을 채우며 첫 직장을 그만두게 되었다. 내 밑으로 막내가 들어온 것이 버거웠기 때문이었다. 얼마 전까지 막내로 일하는 것이 고된 일임을 알았기 때문에 새로운 막내를 배려했고, 뒷수습해주다 보니 일이 버거워졌다.

아직도 기를 쓰며 애쓰는 나와는 달리 쉽게 이쁨받는 막내를 보며 회의감이 들었다. 내가 막내여서 그런 대우를 받았던 것이 아니라 그저 '나'였기 때문이었나 보다. 허탈했다. 누구를 위한 마음이었을까? 이제 그만 애쓰자고 마음먹었다. 다음날 원장에게 한 달 반 뒤에 퇴사하겠노라고 의사를 밝혔다. 그러자 그만둔다는 말을 한 뒤부터 한 달 반 동안 원장은 나를 투명 인간 취급했다. 대꾸도 안 해주고, 들은 척도 안 했다. 나의 노력을 무시했고, 그만둘 사람이니 하며 선을 그었다.

그 순간 의문이 들었다. 왜 불확실한 미래에 행복하기 위해 '지금의 나'를 불행하게 방치하지? 그렇게 열심히 했건만 돌아오는 것은? 그동안 왜 참고 있었는지 자신이 바보같이 느껴졌다. 그래서 놔버렸다. 오직 나만이 나를 사랑해주고 보듬어 줄 수 있기에.

오늘이 없다면 내일도 없고, 현재가 없으면 미래도 없다. 모든 하루를 마치고 누운 오늘 밤, 몰려오는 다양한 모습들의 후회와 아쉬움, 그 모든 것들은 어제와 지난 과거의 인과였으며 지표였다. 그렇다면 오늘은 내일의 지표일 것이다. 오늘 나는 그저 그런, 기억도 안 날 하루를 보냈으며, 만족하지 못했으며, 행복하지 않았다. 만약 눈 뜬 내일도 그렇다면 아무도 기쁜 마음으로 하루를 시작할 수 없을 것이다.

또, 각자의 가치관과 주어진 환경이 다른데도 불구하고 무작정 성공한 사람의 기준에 맞춰 잘라낸다고 해서 내가 그 사람처럼 성공한다는 보장도, 확신도 없다. 온전한 내가 없는데, 그저 남의 성공을 흉내 내기 바쁘다면 내 생각이 무슨 필요가 있고 내가 존재하는 이유는 또 어디에 있는 것일까.

퇴사하겠다고 마음먹은 날에 쓴 일기가 있다.

'걱정은 고맙지만, 염려는 하지 말라. 어디든 길은 있기 때문이다. 직업의 첫 시작이 좋지 않았다고 해서, 첫 시작의 매듭을 잘 짓지 못했다고 해서 나에게 큰일이 일어나지 않는다. 그저 겪어 내면 될 뿐이다. 그리고 앞으로 나아가면 된다.'

아무도 그것을 실패라 읽지 않는다. 새로운 시작에 대한 마침 표였을 뿐이다.

꽃이 저물었다. 꽃이 져 울었다. 나는 흩뿌려진 대로 피어나 그곳에서 지고 싶을 뿐이었다. 나는 미래에 잡초들로 정원을 채울 것이다.

과거가 있기에
현재의 내가 있다

어느 해 12월 31일. 친구들과 연말연시를 함께하기로 했었다. 모든 곳은 인산인해를 이뤘고, 인기 있는 핫 플레이스는 한참을 줄 서야만 들어갈 수 있었다. 회전율도 좋지 않아 대기 줄은 줄어들지 않았다. 친구들과 합의로 적당한 곳을 찾아서 들어가기로 했다. 그곳 역시 줄이 있었지만, 운 좋게 바로 들어갈 수 있었다. 자리를 잡고 메뉴를 주문하고서 친구들과 모임 인증샷을 찍기 시작했다.

한참을 사진을 찍고 있어도 메뉴는 나오지 않았다. 밀려 들어오는 주문에 아마도 전쟁통이겠지. 조금 지루해지자 자연스럽게 근처를 둘러보게 되었다. 고개를 돌리자마자 어떤 남자와 눈이 마주쳤다. 두세 번 마주친 나는 그 사람도 나를 눈여겨보고 있음을 직감했다. 서로 아는 사람인지 긴가민가한 눈치였다. 그러다 갑자기 기억이 떠올랐다. 10여 년은 지나 별 기억도 없는 줄 알았는데, 아니었다. 갑자기 시장통같이 시끄럽던 그 공간이 조용해졌다. 아무것도 들리지 않고 오직 그 친구의 눈빛만 보였다. 호기심과 약간의 반가움, 그는 중학교 동창이었다. 그 사실을 깨닫자마자 나는 중학교 시절로 소환됐다. 친구들에게 미안하다고 말하고 그 자리에서 황급히 나왔다. 황당해하는 친구들에게 미안하다고 양해를 구한 뒤, 계산은 내가 할 테니 다른 곳으로 가자고 했다. 도망치듯 옮긴 자리에 겨우 한숨 돌리며 앉자, 한 번 소환된 기억은 마음의 준비도 하기 전에 물밀 듯이 밀려왔다.

중학교 2학년. 나는 아버지의 이직으로 조금 떨어진 곳으로 이사를 하게 되었고, 학교도 옮겼다. 전학 온 지 얼마 안 된 내게 처음 대화를 시도한 친구는 이렇게 말을 했다.

"애들 모여서 너 뒷담 까던데."

전학 온 곳에서 친구의 관심에 설렘도 잠시였다. 당황스러운 질문에 내가 뭘 잘못 행동했는지 생각해 볼 틈도 없이 나는 "괜찮다."라고 대답했다. 괜찮을 거라는 자기 암시와도 같은 말이었다. 이것은 역효과를 불러일으켰지만, 지금 다시 그 시절로 돌아간다 해도 그렇게 대답했을 것이다.

나는 소위 말하는 왕따였다. 그 이후부터는 뭐 흔한 얘기다. 다들 어렸고 서툴렀다. 단지 그렇게 생각하기로 했다. 그래서 구태여 스스로를 탓하지도 않았고, 나를 괴롭히려 안달 냈던 애들을 탓하지도 않았다. 의연하게 지내려 해도 어쩔 수 없이 밥 먹는 시간이 제일 겁이 났다. 식당에서 아무렇지 않게 밥 먹는다는 것은 참 힘든 일이었다. 그래도 참 뻔뻔하게도 여차여차 잘 보냈던 것 같다.

그렇게 꾸역꾸역 시간을 보내고 중학교 3학년이 되었을 때 친동생이 같은 학교에 입학하게 되었다. "혹시 네 언니 왕따냐?"라는 질문을 받을세라 나는 끼니를 식당에서 때우지 않았다. 매일 밖에 나가 혼자 해결했다. 어느 날은 화장실에서 빵으로 급하게 끼니를 때우기도 했고, 어느 날은 폐교된 학교 조회대에서 도시락을 먹기도 했고, 어느 날은 근처 병원 계단에서 몰래 컵라면을 먹기도 했다. 홀로 보내기엔 점심시간이 참 길었었다.

처음에는 견디기 힘들었지만, 차츰 적응했다. 신발 한 짝이 없어지거나, 신발 안에 침을 뱉어 놨어도 그저 지나쳐 보냈다. 의자에 본드 칠이 되어있어도, 교과서에 심한 낙서가 되어있어도 그저 지나쳐 보냈다. 외로워 여기저기 친구들 집단에 기웃대기도 했었다. 황량하고 텅 비어버린 내 마음은 어디에 기댈 곳이 없었다.

어느 날, 같은 반 남학생에게 맞은 날이 있었다. 아무 저항도 못 하고, 아무 말도 못 하고 맞았다. 그리고 나는 그 순간에도 나의 마음이 아닌 그의 기분을 살폈다. 친구들끼리 그럴 수 있다며

화해를 시키는 담임선생님을 보며, 나는 어떤 마음으로 동의했는지 모르겠다. 얼굴을 피해 맞았지만, 허벅지와 팔 등은 멍이 들었다. 그날 하루는 절뚝거렸다. 부모님 얼굴은 어떻게 봐야 할지 집 앞에서 30분은 서성거리며 고민했지만, 부모님은 바빠서 나에게 신경 써 주지 못했다. 터지는 눈물을 삼키며 거실을 가로질러 내 방으로 들어왔지만 아무도 몰라줬다. 학우들 앞에서 맞은 것보다 더 슬펐던 것 같다.

다음날 아무렇지 않게 학교에 가는 것은 정말 어려운 일이었다. 교통사고라도 나서 병원에 입원했으면 좋겠다는 마음이 들었다. 그러면 꽤 오래 학교에 안 가도 되지 않을까 하고

전학 오고 나서 적응하는 것은 참 힘든 일이었다. 나는 그저 낯선 이방인이었다. 친해져 보려고 노력했을 때에는 이미 늦었었다. 악재는 겹친다는 말이 맞는지 여러 가지 상황은 나를 더 견디기 힘들게 했다.

이전 학교에서 영재 소리 들으며 전교 1등을 도맡아 하던 나는 이제 없고, 조롱거리만 되었다. 모든 것이 하기 싫었다. 아무것도 모르는 어머니는 수직으로 떨어지는 내 성적을 안타까워만 하였고, 아버지는 나를 괴롭히는 애들과 방관했던 애들에게 나와 친하게 지내라며 용돈을 주었다. 잘 견디기는 했지만 잘 지내진 못했다.

그 덕분(?)에 지금껏 나름 잘 지내왔다고 생각했다. 고등학생이

되면서, 대학생이 되면서 나는 꽤 단단해졌기 때문이다. 깡도 많이 생겼다. 상대방이 열 대를 때리면 한 대는 되돌려줘야 한다는 마음으로 내 몸집보다 더 부풀려 행동했다. 그러다 보니 어느 순간, 나는 호탕한 성격을 가진 '친해지고 싶은 친구'가 되어 있었다. 나를 좋아하는 친구들도 꽤 생겼고, 마음 둘 친구도 생겼다.

분명 그러한 성인이 되었음에도 나는 그 친구와 눈이 마주치자마자 중학생 시절로 돌아가 버렸다. 그 친구는 내게 못되게 굴지 않았다. 그저 그 시절 자체였다.

자리를 황급히 떠나버리면 될 줄 알았는데, 그 친구에게 먼저 연락이 왔다. 반가웠는데 가버려서 아쉬웠다고 물밀 듯이 밀려오는 과거 회상에 힘든 것도 잠시, 그 시절을 이겨내기 시작했다. 그 친구와 서로 안부를 묻기 시작하면서 지금까지도 연락을 주고받는다. 중학생 때는 생각도 못 했는데 이제는 친구가 되었다. 그의 친구들은 내 친구들이 되었다. 신기한 마음이 들었고, 이로써 이겨냈다고 생각했다.

그리고 작년 겨울, 나는 나를 때린 동창과 마주쳤다. 생각보다 나는 참 의연하게 대했지만, 그날 밤 나는 그에게 맞는 꿈을 꿨다.

그리고 끝이다. 이제는 아무것도 남아있지 않다. 다른 친구에게 전해 들었지만, 그는 기억이 안 난다고 했다. 나 역시도 그 사실이 큰 상관은 없다. 그냥 그게 뭐라고 나를 그렇게 힘들게 했던가,

헛웃음이 나올 뿐이다. 나는 이제 곧 과거가 기억나지 않을 것이다. 감정도, 기억도 다 털어냈으니 잊히는 것은 시간문제다. 나는 그 과거를 넘어 현재에 있고, 현재를 넘어 미래로 간다.

과거가 있기에 현재의 내가 있다. 과거의 나는 잡초같이 버틸 줄 알았다. 그래서 현재의 나는 잡초임에도 꽃을 피웠다. 나는 미래에 이 잡초들로 정원을 채울 것이다. 오래전, 이 마음으로 쓴 시처럼 말이다.

그저 흩뿌려진 대로 피어났을 뿐이었다.

바람이 세차게 불고, 비가 오지 않아도, 누군가 밟고 지나가도 피어났다.

사시사철 피고 있을 거라 생각지 않았지만

허무하게 비명 한번 못 지르고 꺾일 줄이야.

왜

꺾으려 하는가.

왜 저 꽃은 자연 속에서 당연한 듯이 황혼에 지는데

왜 나는 네 손에 꺾여 시들자마자 버려져야 하는가.

꽃이 저물었다.

꽃이 져 울었다.

나는 흩뿌려진 대로 피어나 그곳에서 지고 싶을 뿐이었다.

멋진 삶을 기대하고 있다면 '오늘' 결단하자. 때때로 실패하더라도 그 선택은 분명 내 인생을, 내 미래를 바꿔 줄 것이다.

나를 성장시키는 실패

윌리엄 제닝스 브라이언은 미국 국무장관을 지낸 사람이다. 일리노이 대학을 마치고 변호사가 된 그는 민주당에 입당하면서 정치인 생활을 시작했고 대통령 후보까지 출마했다.

브라이언은 연설 중 "당신들은 노동자의 이마에 가시면류관을 씌울 수 없습니다! 인류를 금 십자가에 못 박을 수도 없습니다!"라고 했다. 당시 언론들은 냉소적인 반응을 보였고, 낙선했지만 그때 했던 연설은 지금까지도 명연설로 회자되고 있다. 이후에도 두 번이나 더 대통령선거에서 낙선했지만, 그가 주장한 노동자 권익보호, 여성 참정권의 보장을 통한 완전한 보통선거, 1일 8시간 근무제도 도입, 소비자보호법 등은 이후 시어도어 루스벨트와

우르도 윌슨 치하에서 법제화되었다. 또 그는 '패배 후보가 승복하는 메시지'를 보내는 전례를 남겼다. 대선 이틀 뒤 당선인 윌리엄 매킨리에게 "축하를 드린다. 우리는 이 문제를 미국 국민에게 맡겼고, 그들의 의지가 법이다."라고 전보를 보낸 것이 시초였다.

그는 비록 대통령이 되는 것에는 실패했지만, 그 실패는 그를 앞으로 나아가게 했고, 미국 정치에 많은 영향을 끼친 정치인이 되었다. 그는 인생에 대한 명언도 남겼는데, 이것은 나의 인생관과 내가 이 책에서 말하고자 하는 방향과 일치한다.

"운명은 우연이 아닌 선택이다. 기다리는 것이 아니라 성취하는 것이다."

이렇게 멋진 말이 또 있을까? 내 마음대로 안 되는 것이 인생이지만 그럼에도 불구하고 나의 '선택'으로 운명을 개척할 수 있다니.

인생은 사사로운 실패로 좌절하기도 하고, 호기롭게 시작했던 도전은 처참한 실패로 돌아와 낙담하기도 한다. 스스로를 다독이며 재도전했지만 계속되는 실패는 결국 무너져 꿈이든, 사랑이든, 그 어떤 것이든 포기하고 손에서 놔버릴 때도 있다. 하지만 실패를 실패로만 두지 않고, 발판 삼아 앞으로 나아가보는 것은 어떨까.

앞서 나가는 남들과는 달리, 제자리걸음만 하는 스스로가 비참하고 아무것도 아니게 느껴질 수도 있다. 하지만 제자리걸음이 아니고 한두 발자국씩 나아가고 있는 것일지도 모른다. 앞으로 더 나아가는 실패를 거듭함으로써 결과적으로 더 나은 온전한 내 운명을 쟁취하게 된다면 그것이야말로 성공한 삶이지 않을까.

사람들은 윌리엄 제닝스 브라이언이라는 사람을 잘 모른다. 나 역시도 명언 때문에 알게 된 것일 뿐, 모르는 것과 다름없었다. 사실 사람들은 타인뿐만 아니라 '나'를 잘 모르기도 한다. 성공한 사람의 인생을 궁금해하지만, 나 자신과 내 인생을 스스로 들여다보지 못할 때가 있다. 나 역시도 나를 잘 모를 때가 있다. 하지만 확실한 것은, 오늘 나는 성취를 위해 노력할 것이고 그것은 '나의 선택'이라는 것이다. 그게 무엇이든 나는 나를 완성해 가는 중일 테니까.

우리는 어떤 가치를 선택하고 결단할 때 포기해야 하는 것들이 있다. 포기하는 대상의 범위는 생각보다 광범위하다. 먹을 것이 될 수도 있으며, 시간과 돈이 될 수도 있고, 관계가 될 수도 있으며 때로는 인생이 될 수도 있다.

다이어트를 위해 맛있는 음식과 달콤한 휴식을 포기하듯, 성과를 위해 잠과 여유로움을 포기하듯, 무언가를 포기하지 않는 결단은 성공할 수 없다. 결단하지 않고는 아무 일도 이룰 수가 없기 때문이다. 멋진 삶을 기대하고 있다면 '오늘' 결단하자. 때때로 실패하더라도 그 선택은 분명 내 인생을, 내 미래를 바꿔 줄 것이다. 보다 더 멋지게.

CHAPTER 4

사랑에 관하여

좋아한다는 감정은 모든 것을 '괜찮다'로 일축 시키고, '그럴 리 없다' 모른척하게 만들고, 이해되지 않아도 이해할 수 있게 한다.

나는
너에게 호구였다

사실 날 좋아했다고 했다. 미심쩍으면서도 우리의 연애는 그 한 마디로부터 시작됐다. 지금 생각해보면 그렇게 정성스러운 거짓말을 들은 적이 없었던 것 같다.

"잠들었어."

그는 연락이 되지 않던 그 시간에도 항상 페이스북 활동 중이 었다. 접속을 의미하는 '초록색 동그라미'가 얼마나 얄밉던지. 게임 접속 시간도 내 연락 무시한 걸 의미하는데도 그는 그저 "잠들었어. 요즘 너무 피곤해."로 일축하곤 했다.

자주 보지 못하던 어느 날, 가까운 곳에 놀러 가기로 한 적이 있었다. 내가 다니는 직장 때문에 몇 주 전부터 월차를 정해야만 했었다. 3주 전, 2주 전, 일주일 전 계속 물어봤지만 돌아오는 대답은 없었다. 그러다 닦달 끝에 날짜를 정했다. 수차례 확인 후 잡은 일정이었다. 시험 기간 일주일 전인데 괜찮냐는 물음에도 분명 괜찮다고 했다.

놀러 가기 하루 전날에서야 시험 때문에 못 갈 것 같다는 그의 말에도 나는 화 한번 내지 않았다. 그는 학교생활에 열정적이지 않지만, 그래도 시험은 시험이니 약속을 취소해도 이해했다.

그 뒤, 시험 준비를 하느라 나와의 연락을 미루기 시작했다. 시험이 끝나고 나서는 연락이 잘되겠거니 생각했지만, 다음 관문인 과제가 기다리고 있었다.

그는 과제 때문에 연락이 늦어졌다고 사과했지만, 지역 축제 답사 후 리포트를 작성하는 것은 차일피일 미뤘다. 그런 그를 이해하지 못하면서도 끝내 신경 쓴 것은 아버지의 간섭 때문에 숨막혀 하던 그의 모습 때문이었다. 그저 그를 도와주고 싶다는 마음뿐이었다. 그래서 정확한 과제가 뭔지도 모르는 그를 대신해 내가 답사를 다녀오겠다고 했다. 오랜만에 내게 쏟은 그의 관심에 나는 내 과제보다 열심히 했던 것 같다.

대신 가 준 과제, 대신 찍어 준 수십 장의 사진들, 대신 과제 주제에 맞춰 달아 준 멘트들. 정리만 하면 되는 거라 리포트 작성하는 데 1시간 이상이 걸릴 수 없음에도 벌써 몇 시간째 연락이 없었다.

"한 게임만 하고 할게."

그 말 뒤로 5시간이 더 흘렀다. 그저 내 연락을 질척거리는 것
쯤으로 분류하고 오히려 화내는 그에게 나는 딱히 해줄 말이 없
었다. 의심하냐며 오히려 더 성을 내던 그는 게임 한 판만 하고
계속 리포트 작성했다며 급기야 리포트 파일까지 보냈다. 내가
쓴 글과 인터넷에 나온 글 붙이기가 전부였다. 폰트라도 맞춰줬
음 조금이라도 그럴듯했을 텐데, 그는 그럴 여유와 관심조차 없
었나 보다.

여기서 헤어졌을 것 같지만, 아쉽게도 헤어지지 않았다. 몇 번
은 더 이 같은 일이 반복됐다. 이럴 때마다 나는 머저리, 등신이
어서가 아니라 단지 '그의 말'이었기 때문에 "그랬구나."라고 대답
했다. 그의 성의 없는 변명에도, 눈에 뻔히 보이는 거짓말에도 알
겠다고 웃어넘긴 것은 첫째로 그의 말을 믿고 싶었고, 둘째로 엉
망진창이 되어버린 내 마음을 그 거짓말 하나로 덮어버리고 싶었
고, 마지막으로 그를 좋아하는 내가 상처받기 싫었기 때문이었다.

좋아한다는 감정은 모든 것을 '괜찮다'로 일축 시키고, '그럴 리
없다' 모른척하게 만들고, 이해되지 않아도 이해할 수 있게 한다.
좋아한다는 감정은 도대체 뭐길래 이토록 모든 것을 가능하게 하
는 것일까?

내가 상처받기 싫어 그를 좋아하는 동안에 미뤄두고, 모른 척했던 것들을 이제야 한꺼번에 직면하는 것뿐이니 나는 괜찮지 않으면서도 괜찮아야 할 수밖에 없었다.

그런데 그가 꼭 알아야 할 것이 있다. 나는 그를 좋아해서가 아니고, '그를 좋아하는 나'를 위해 기꺼이 그에게 호구가 되어줬다는 것. 그런 그를 옆에 두겠다고 선택한 것은 결국 '나'라는 것. 내 감정 때문에 그를 만났고, 마찬가지로 내 감정으로 인해 그와 헤어졌다는 것. 그러니까 사랑꾼이었던 척, 새벽에 연락하지 말아달라는 것.

나는 호구가 아니다. 이제야 '좋은 사람'인 척, 절절한 연애라도 한 양 질척거리는 네가 호구였다.

그 사람의 마음이
궁금하다

좋아한다는 감정은 어쩌면 만들어진 것일지도 모른다. 신기하게
도 그저 약간의 호감만 있는 정도였음에도 "나는 그 사람을 좋아
해."라고 입 밖으로 내뱉은 순간부터 감정이 물밀 듯이 밀려와 걷
잡을 수 없이 빠져들게 된다. 그 전까지는 그저 그랬던 마음이었
는데 말이다.

내 마음에 어느 정도 확신이 들고 나면 상대방의 마음은 어떤
지 궁금해지고 조바심이 난다. 내 마음과 같은지, 내가 더 좋아하
는 건 아닌지 혹은 나만 좋아하는 건 아닌지.

다들 그렇듯 내 마음이란 건 알다가도 모를 때가 있다. 딱 정해
진 마음인지 알았는데 막상 그렇지 않기도 해 당황스러울 때도

있다. 그래서 그 사람의 마음이 궁금하다. 괜히 그 마음이 나와 같은지 떠보기도 하고, 원치 않는 대답에 투정을 부리기도 한다. 하루 종일 기다린 연락에 곧바로 답장해 보지만 다시 또 잠잠해진 핸드폰에 혼자 속상해 울기도 해보고, 마음을 접는다 하고선 또 의미 없는 답장에 설레기도 한다.

사실 나를 좋아해 줬으면 하는 그 마음은 설레게 하기보다는 상처를 내는 쪽에 더 가까운 편이다. 기대하지 않으려 해도 나도 모르게 기대하게 되고, 기대한 마음에 못 미치면 더 크게 실망하기도 한다. 모래알같이 사소한 일에도 의미를 부여하게 되고, 충동적으로 행동했다가도 과하게 억제하기도 한다. 뜬금없이 극단적이었다가 소심해졌다가, 제한적이었다가 또 한없이 관대해졌다가, 격렬했다가 고요해졌다가 하는 그 감정들을 하루에도 수십 번 반복해 겪어낸다.

그 사람은 아무것도 하지 않았음에도 나에게 미치는 영향이 크면 클수록 자신감, 자존심 그 무엇이건 바닥을 치게 될지도 모른다. 그 사람을 배려한다는 이유로 나의 마음은 전혀 배려하지 않은 탓이다. 정작 그 사람은 배려인지 아닌지도 모를 텐데 스스로 생각해 만든 상황 속에서 혼자 결정하고, 상처받고, 그저 뜻 없이 괜찮다 위로했기 때문이다.

또 어쩌면 그 사람이 나를 좋아하지 않는 이유를 나에게서 찾고 있을지도 모른다. 주고받았던 연락을 곱씹어보고, 만났을 때의 상황을 되돌려보며 내 행동의 문제점과 외모와 처지와 성격 등 하나부터 열까지 탈탈 털어내며 대상 없는 비교를 해 기어이 스스로의 값어치를 떨어뜨린다.

자꾸 그 사람에게 확신에 찬 말을 듣고 싶고, 확실한 관계로 정하고 싶고, 애정표현을 받고 싶은 마음은 누구나 가질 수 있다. 어쩌면 당연하고 자연스러운 감정이다. 하지만 우리는 임의로 정한 그 사람의 모습에 스스로를 상처 내고 있진 않은지, 조바심에 무리하고 있진 않은지, 좋아한다는 이유만으로 자신을 을로 두고 있진 않은지 돌아볼 수 있어야 한다.

그 사람을 좋아하는 마음은 첫 번째이면서 첫 번째가 아니다. 애초에 내가 존재하고 그 사람이 있듯 '나의 마음'이 먼저고 그다음이 '그 사람을 좋아하는 마음'이어야 한다. 나의 마음을 우선순위로 두고 나를 들여다볼 줄 알아야 한다는 것이다.

나의 모습에는 여러 가지가 있다. 누가 알아봐 줬으면 하는 모습이 있는 반면, 아무에게도 보여주고 싶지 않은 모습도 있기 마련이다.

나는 마냥 착하고 좋은 사람이 아니라서 가끔 나도 모르게 보여지는 이기적인 모습에 당혹스럽기도 하고, 못된 마음에 힘들어하기도 한다. 그런 내가 착하고 좋은 사람 곁에 있다 보면 더 힘이 들곤 한다. 그 사람을 좋아하는 나는 착한 사람이 아닌데, 착한 사람이고 싶고, 좋은 사람이고 싶기 때문이다.

그런 작은 거짓들로 쌓아 온 내 모습들이 결국 나를 상처 내고 주저앉게 만든다.

좋아하는 사람을 위해 내가 좋은 사람으로 변화되는 것은 분명 좋은 일이다. 하지만 그 변화가 원래 내게 맞지 않는 옷이었고, 꾸역꾸역 맞춰 나갔던 것뿐이라면 그건 잘못된 마음이다. 세상 좋은 사람인 척 아무리 웃으며 상대에게 맞춰도 정작 그 안에 내가 없으면 아무 소용없다. 내 마음을 우선순위에 두라는 것은 내 마음대로 '내 마음'까지 좌지우지하라는 뜻이 아니다.

좋아하는 이에게 온 마음을 다하되, 내 마음이 뒷전이 되진 않을 것. 나의 사랑과 연애에 최선을 다하되, 내 인생이 뒷전이 되진 않을 것.

나는 그 사람의 마음이 궁금하다. 다만, 그뿐이었으면 한다.

타이밍보다 중요한 것은 좋은 사람을 곁에 두려고 노력할 줄 아는 마음가짐이며, 그런 노력으로 변화되는 관계를 지속하려 하는 자세이다. 그것이 인연을 만든다.

연애의
이유

남들이 다 아니라고 고개를 절레절레 젓는 사람을 내 곁에 두겠다고 욕심내기도 하고, 크게 데어 보기도 하고, 지쳐서 나가떨어져도 보고, 그래서 꼭 다음번엔 좋은 사람을 곁에 둬야지 다짐해도 정작 좋은 사람이 다가오면 곁에 두지 못하기도 한다. 모두가 그런 것은 아니지만, 지나간 연인이 대화가 안 통했던 사람이라면 새로운 사람에게서는 대화가 잘 통하는지를 먼저 보게 된다. 연락이 잘 안 됐던 사람이라면 연락이 잘 되는 사람에게 점수를 더 주게 될 것이며, 상대방이 나의 몸과 마음에 상처를 주는 사람이라면 다정한 손길과 말투에 호감을 얻게 될 것이다.

바로 앞전의 연애 결과로, 막연히 좋은 사람을 만나고 싶은 마음은 어쩌면 강박증이 되어 스스로를 옭아매기도 한다. 못된 사람을 만나 상처를 받고, 그 상처받은 마음을 보듬어주지 않은 채 그저 '좋은 사람을 만나야지'라고 이유만 만들고 있진 않은지… 그러다 정말 누가 봐도 좋은 사람을 만나게 됐을 때 당신은 그 사람을 오롯이 좋아할 수 있을까? 계속되는 연애의 실패에 자꾸 스스로의 판단과 설렘보다 그 사람과 연애를 해야 할 이유를 만들어 내 연애를 시작하려 하기도 한다. 좋은 사람이기에 '나도 좋은 사람이 되어야지' 하면서도 나와 다른 모습에 위축되기도 하며, 한껏 포장된 나를 돌아보고는 스스로 내가 아닌 듯한 모습에 낯설어 하기도 한다. 그 친절과 사랑에 보답하려 노력하다가도 일상에 치여 무기력해지기도 하고, 모든 일이 고마움으로 가득 차면서도 곧 미안함으로 가득할지도 모른다. 그 마음은 곧 '좋아하니까' 보다 '좋은 사람이니까'가 명분이 되고, '좋아하니까' 보다 '미안하니까'가 먼저이게 된다. 그러다 보면 이게 진짜 사랑인지 고민이 되고 또 무력감에 빠지게 된다.

어느 날 되풀이되는 일상과 대단한 줄 알았더니 별것 아닌 사랑에 치여 지쳐있는 당신에게, 당신의 피곤함까지도 노력하겠다는 사려 깊은 사람이 나타난다면 당신은 그저 두 팔 벌려 환영할 수만 있겠는가? 아마도 점점 뒷걸음쳐질 것이다. 후회하게 될지도 모르지만 좋은 사람은 내가 아니기에, 노력하는 것조차도 일종의 소비가 되어버린 나는 그 사람을 곁에 둘 자격이 없는 것이다.

만약 마음의 여유가 없어 노력하기도 버겁고 지쳐있다면 당신은 그 사람을 놓칠 수밖에 없다. 혹여 노력하기도 싫지만, 그 사람이 곁에 있겠다 하여 옆자리를 내줬다고 하면 둘 중 하나다. 당신은 상대방에게 배려 없는 사람이거나, 생각보다 더 나쁜 사람이거나. 자기 마음을 합리화를 시키는 것보다 상대방에게 저지르는 배려 없는 행동은 드물 것이다. 또 좋은 사람이라고 해서 모두 좋은 연애 상대는 아니다. 어떤 사람은 나를 좋은 사람이라고 기억하는 반면, 어떤 사람은 나를 이기적인 사람으로 기억한다.

연애란 참 복잡하다. 모든 사람이 내 마음과 같지 않고, 내 마음은 요동치는 파도와 같다. 우리 엄마도 내 마음을 다 모르는데, 고작 인생의 극히 일부를 함께한 사람이 내 마음을 다 알까 싶다.

인간관계에서 타이밍은 중요하다. 하지만 그 타이밍보다 중요한 것은 좋은 사람을 곁에 두려고 노력할 줄도 아는 마음가짐이며, 그런 노력으로 변화되는 관계를 지속하려 하는 자세 또한 중요한 것이다. 그것이 결국 인연을 만든다.

좋은 사람을 만나든, 나쁜 사람을 만나든 중요한 것은 내 마음의 중심을 잡아야 하고, 그 사람이 인연이라면 좋은 사람인가는 이미 중요하지 않다. 나에게만 좋은 사람이면 충분하다. 당신이 '좋은' 내가, 곧 연애의 이유가 될 것이다.

좋은 사람이 아니면서도 좋은 사람, 그래서 헤어짐을 선택할 수밖에 없었다. 좋아했지만 내 자신 만큼은 아니었다.

연애의
종지부

언제 그 연애가 '끝이 났구나' 느꼈었냐면 지쳐있어도 늘 괜찮다고 말하던 내가 괜찮다고 말하지 않았던 날, 눈치 보면서도 모른 척했던 날이다. 데려다주겠다는 널 한사코 거절했을 때 알겠다며 아무 말 없이 그대로 있던 날이다. 뒤돌아서 가면서 나는 얼마나 울었는지 너는 모를 테지.

　너와의 만남은 싫지 않았다. 공부하느라 연애할 여력이 없다는 널, 그럼에도 괜찮다고 전력으로 좋다고 쫓아다닐 때도 좋았고, 그런 나의 존재를 부담스러워하는 네 모습에도 상관없이 좋았다. 나만 일방적으로 좋아하는 기분이 들어도 괜찮았고 내가 우선이 아니어도 좋았다. 여기저기 치여 내게 와도 나는 다 괜찮았다.

　돈이 없어 제대로 데이트하지 못한다 해도 내가 돈이 있으니 괜찮았고, 내게 낼 시간이 없다 해도 내가 가서 기다리면 되니 괜찮았다. 너의 집 앞까지 갔다 허탕 치고 와도 좋았다. 내 지인과 만남에서도 내가 잠시 자리를 비웠을 때, 그냥 내게 차였으면 좋겠다는 말을 했다고 들었을 때도 괜찮았다.

　하루 종일 기다려도, 며칠을 기다려도 미안하단 말에 그동안의 일들은 사르르 녹아 없어졌고, 상처를 받아도 괜찮았다. 내가 한 선물에 고맙단 말을 못 해줘도 입고 다녀주는 모습에 그저 좋았고, 혹시 부담 갈까 봐 며칠 밤을 뒤져 산 백일 선물도 눈시울 붉히며 못 챙겨줄 거 같다고 챙기지 말자는 말에 차마 전해주지 못했지만 괜찮았다.

　돈과 시간이 없는 네게 밖에서 데이트하자고 말 못 해도, 기념일을 모른 척 넘어가는 네 모습도 괜찮았고 돈 때문이 아닌 사랑 앞에 초라해지는 나를 보면서도 괜찮다고 했다. 그렇게 모든 만남을 뒤로한 채 공부에만 몰두했던 너였는데 결국 시험에 떨어졌다고 했을 때도 진심으로 위로하며 응원했다.

　견디다 못해 헤어지자고 말할 때마다 찾아오는 널 보며 그런 식으로라도 사랑을 확인할 수 있어서 좋았다.

　내가 생각하는 연애가 아니어도 괜찮았고, 곧 서른을 앞둔 네가 독신주의자라고 말했을 때도 괜찮았고, 내 친구들을 부담스러워할 때도 괜찮았고, 주위 사람들이 열이면 열 헤어지라고 해도 내가 좋아하니까 괜찮았다. 모든 것들을 괜찮지 않아 하며 울고 있으면서도 나는 늘 "괜찮다."라고 말할 수 있었다. 그리고 너 또한 잘 알고 있었다.

어느 날, 더 이상 "괜찮다."라고 하고 싶지 않아졌다. 아무것도 바뀐 것이 없는데 내 마음이 변했다. 그냥 그게 전부다.

네가 싫어서가 아니라 그냥 내가 놓으면 끝나는 연애를 더 이상 붙잡고 싶지 않아졌기 때문이다. 너는 무척이나 갑작스럽고 화가 나고 원망스럽겠지만, 이 마음은 하루아침에 정해진 게 아니었다.

그날 이후 너는 매일 밤 술을 마시고 내게 연락을 하고, 집 앞으로 찾아와 나를 기다리고, 편지를 두고 갔다. 한겨울의 새벽에 내가 나올 때까지 기다리겠다며 억지를 부리는 너. 결국, 집 앞에 나간 내게 내 연락처를 지우고도 자꾸만 번호를 누르는 자신이 싫어 핸드폰을 부쉈다고 웃으며 말하는 너. 내가 있던 공간이 싫어 이사를 갔다는 너. 하지도 않는 페이스북에 가입해 내 페북을 보고 내게 메시지를 보내는 너. 너는 내게 무서운 사람이 되었다.

내가 그 어떤 것의 연락도 차단하지 않겠다고 한 것은 정말 그렇게까지 하고 싶지 않았기도 했지만, 너에 대한 마지막 예의라 생각했기 때문이다. 내가 그 긴 시간 혼자 헤쳐 나오는 동안 너는 여전히 그 시간 속에 갇혀있구나. 아니, 나오지 않는구나.

너는 내게 좋은 사람이 아니면서도 좋은 사람이었다. 너에게도 나는 나쁜 년이면서도 나쁜 년이 아니겠지.

나는 그날 아침까지도 너와 헤어질 생각이 없었지만, 연애는 이렇게 종지부를 찍었다. 오해하지 않았으면 하는 것은, 너는 헤어짐을 '당한 것'이 아니라는 것이다.

헤어짐에 누구의 잘못도 없었다. 그저 내가 헤어짐을 선택할 수밖에 없도록, 나의 괜찮지 않지만 괜찮다는 말을 '모른 척'하는 것을 선택했기 때문이었다.

나는 너를 좋아했지만, 내 자신 만큼은 아니다.

일상 중에 당신 하나 없을 뿐인데 쉴 새 없이 흙탕물이 일렁였고, 구구절절했던 마음은 구질구질해 눈 뜨고 봐줄 수 없었다.

헤어짐이 낯선
우리

글을 쓰기 이전에 '당신'이라는 말에 대해 먼저 짚고 넘어가야 할 것 같다. 이 글에서 써 내려갈 당신은 단순히 이인칭 대명사만을 뜻한다.

그때, 모른 척을 했다면 어쩌면 더 만났을지도 모르겠다. 매번 그렇게 넘겼던 고비 중 하루였을지도 모른다. 하지만 그날은 그러지 못했다. 그동안 수차례 넘겼지만, 이번만은 넘길 수 없었다. 당신에게 내가 어떤 의미로 남아있는지 알고 싶었다. 그래서 정면 돌파를 선택했다.

그간 당신이 남긴 단서들 때문에 헤어짐이 예정되어 있음에도 혹시나 하는 마음에 의연히 물어볼 수 있었다.

"요즘 스트레스 많이 받지?"

이직 준비와 기존 직장에 대한 정리로 스트레스를 받던 당신에게 이 말은 참 많은 것이 내포되어 있지만, 사실은 "나랑 헤어지고 싶어?"의 물음이었다. 그리고 당신도 알고 있었고

사실 이직에 대한 고민 또한 내게 결혼 이야기를 꺼내면서 시작된 것인데 그 스트레스가 나와 헤어짐으로 돌아오다니 참 아이러니했다. 이어지는 대화는 '생각할 시간을 갖자'로 정리되는 듯했다.

생각할 시간이라… 사실관계에 대해, 서로의 의미에 대해 생각할 시간을 갖는다는 것은 대개 부정적인 의미를 동반한다. 우리가 '함께' 대화하고 고민하고 해결하는 것이 아니라 나와 별개로 '혼자'만의 시간을 갖겠다는 뜻이기 때문이다. 그래서 되물었다.

"어떤 것에 대해 생각할 시간이 필요한지 말해줘. 당신이 생각하는 시간을 갖는 동안 마냥 기다리는 게 아니라 나 역시도 우리에 대해 생각해 봐야 하지 않겠어?"

"우리 잘 안 맞는 것 같아."

첫 만남에 당신은 내 외모가 '본인 스타일'이 아니라고 했다. 하지만 식사를 하며 생각이 달라졌다고 했다. 직원에게 꼬박꼬박

감사하다며 싹싹하게 인사하는 내가 보기 좋았고, 웃는 모습이 예뻐 보였다고 했다. 서로를 모르지만, 사귀면서 천천히 맞춰 나가면 되니 만나보자 했다.

처음 본 내게는 맞춰 나가고 싶고, 연인인 내게는 잘 안 맞는다고 하는 당신이 우스워졌고, 슬펐다. 하루가 지나고 나는 이별을 통보했다. 이제는 내 지인이기도 한 당신의 지인들이 하나같이 원치 않는 내 걱정을 했기 때문이다.

"요즘 너랑 잘 안 맞는다고 힘들어하더라."

분명 헤어지자고 한 사람은 나지만, 내가 아니었다.

일상이라는 사전적 의미는 매일 반복되는 '보통의 일'이다. 그런 나의 일상 중에 당신 하나 없을 뿐인데 많은 것들이 달라졌다.

예상했기에 아무렇지 않을 줄 알았지만 이렇게 엉망진창이어도 괜찮으려나 싶을 정도로 쉴 새 없이 흙탕물이 일렁였고, 구구절절했던 마음은 구질구질해 눈 뜨고 봐줄 수 없었다.

최선을 다했기에 그보다 몇 배 더 최선을 다해서 잊어야 하는데, 그러기엔 내가 너무나도 열심히 당신을 사랑했다. 무방비 상태로 당신의 흔적을 맞이할 때마다 자꾸 마음이 그때로 돌아가 버렸다.

지웠다고 지운 사진첩에 당신이 있을 때마다, 버린다고 버린 당신의 흔적 중 하나를 마주할 때마다 나도 모르게 반가운 마음이 들어 마음이 아팠다. 당신의 모습보다, 당신의 옆에서 행복해했던 내 모습에 마음이 더 아렸다. 당신과 함께하는 일상이 행복했던 내게 당신의 부재는 '보통의 앎'이 아니었다.

하지만, 이제 당신이 내 곁에 없음이 내 일상이다. 나머지는 각자의 몫일 뿐이다. 그저 어느 날, 그 어느 날엔가 당신의 안부가 더 이상 궁금하지 않을 때가 온다면 그때에도 당신의 이름 끝에 행복했던 내 자신이 좋았노라고 회상하길 바랄 뿐이다.

헤어짐이 낯설 수밖에 없는 우리는 아마도 각자 행복하기 위해 헤어졌을 것이다.

좋아한다는 것이 권리가 아니다. 내가 원하는 모습이 아니면 그만 좋아하라. 실망이었다면 돌아서라. 좋아한다는 이유만으로 상처를 줘서는 안 된다.

좋아한다는 마음이
권리가 되는 순간

내가 좋아하는 사람이 아닌, '나를 좋아한다는 사람'에게 상처를 받은 적이 있는가? 당신을 좋아하는 사람이라고 해서 안심한다는 것은, 언제든지 당신이 무방비 상태로 상처가 날 수 있음을 의미한다. 그 생각지도 못한 상처는 회복할 틈도 없이 마음을 짓누르고 정신이란 고지를 점령해 당신을 무너지게 할지도 모른다.

"좋아해."

대학 입학 후 몇 개월이 지나지 않았을 때의 일이다. 고등학교 시절 같은 반이었던 친구와 아주 간간이 연락하고 있던 어느 날, 그 친구에게서 전화가 왔다. 아주 늦은 시간은 아니었지만, 저녁을 지나 한밤을 향해 가는 시간이었다. 오랜만의 통화라 처음에는 어색했지만, 학창시절 얘기도 하고 근황 얘기도 하다 보니 한 시간이 훌쩍 지나고 있었다. 친구는 술을 꽤 마신 상태였고, 나는 그게 전화기 너머로도 느껴져 끊지 않고 계속 받아줬다.

사실, 나는 학창시절 얘기를 좋아하지 않는다. 싫은 기억 중에, 좋아하고 의지했던 친구들이 있기에 반가움으로 통화했던 것 같다. 그 친구는 1학년 때부터 친하게 지냈던 사이였다. 2학년 때부터는 같은 반이 되면서 더더욱 친하게 지냈던 것 같다. 서로에게 남자친구와 여자친구가 있었지만, 우정은 늘 그대로였다고 생각했다.

통화 중 주저하며 말을 잘 못 꺼내는 이야기가 있어 보여서 괜찮으니 말해보라고 했다. 빙빙 돌려 말하던 것이 결국 고백인 줄 알았다면 모른 척했을 것이다. 그 정도로 갑작스러운 고백이었다. 나는 조심스러운 마음에 술 깨고 다시 얘기하자고 했다. 졸업 후 따로 만난 적도, 자주 전화하지도 않아 솔직히 갑작스럽고 당황스럽다고 대답했다. 술에 용기를 냈는지, 언제부터 나를 좋아했는지, 나를 어떻게 생각하는지보다는 그저 당황스러운 감정이 더 먼저였다.

한 번도 그런 낌새를 느껴보지 못했기에 더 그랬다. 나는 그 친구를 연애 상대로 생각해 본 적이 없는데 그 친구는 언제부터 나를 그런 눈으로 바라봤던 것일까? 학창시절에도 늘 나에게 다

정했기에 어쩌면 잘 만날 수도 있었다. 내 속의 여러 가지 모습들을 마주했음에도 날 좋아한다는 것은, 마음을 참 간질거리게 했다. 내 바닥까지 봤음에도 나를 있는 그대로의 '나'로 바라봐준다는 것은 이미 특별대우를 해주는 것과 다름없이 느껴졌다. 하지만 '만약 헤어지게 된다면? 겹치는 친구들과는 어떻게 되지?' 걱정되었다. 좋아하는 마음보다 걱정이 앞섰고, 우정을 뒤로할 만큼의 연애 감정은 없었다.

두어 시간의 통화가 끝나자 시간은 자정을 훌쩍 넘기고 있었다. 그 친구는 몰랐겠지만, 나는 그만큼 '통화하는 동안'에 그 친구의 말을 진심으로 마주하고 있었다. 나는 술주정을 몇 시간 동안 들어줄 만큼 한가하지 않고 그럴 성격도 아니다. 그저 이 친구를 함부로 대하고 싶지 않았다. 미안하다 거절하면서도 내일 술 깨고 다시 얘기하자고 했다. 열 번 넘게 그렇게 말한 것 같다. 그날 밤, 나는 쉽게 잠을 이룰 수 없었다.

잘 자고 내일 일어나서 연락하자는 나의 메시지에 답장은 없었지만, 나는 아침에 또 한 번 메시지를 보냈다. '읽음 표시'는 사라졌지만, 답장은 없었다. 혹시 후회하나 싶어 가볍게 메시지도 보냈다. 그대로 며칠간 답장이 없었다.

내가 실수한 건가 싶어서 며칠 전화도 해보고, 메시지도 보내봤다. 며칠, 몇 달을 그렇게 했던 것 같다.

나의 끈질긴 메시지와 전화 시도로 수개월이 지난 어느 날 답장을 받았다. 답장은 내 생각과는 완전 다른 의외의 내용이었다. 요약하면, 나는 친구를 가려 사귀고, 얼굴 보고 평가하기 때문에 나랑은 친구도 될 수 없다는 것이었다. 오래전의 일이라 정확하게 기억나진 않지만, 대강의 뉘앙스는 그랬다. 그게 본인의 고백과 무슨 상관인지 이해할 수 없었다.

세상 사람 모두와 친구가 될 수는 없다. 또한, 그렇게 친구가 된다 한들 그 깊이가 모두 일정할 수도 없는 것 아닌가. 나와 맞는 친구와 좀 더 친해지려고 노력하는 것이 잘못된 행동인가? 누가 나에게 친구를 가려 사귄다고 손가락질할 수 있으며, 잘못됐다고만 말할 수 있는가? 나는 이 친구가 좋았다. 연인으로서가 아닌 친구로서 말이다. 나와는 다른 감정에 나를 더 이상 친구로 바라볼 수가 없어서 그런 결정을 내린 것이라 하면 이해할 수 있었다. 그런데 고백 후에 절연한다는 것이 내가 친구를 가려 사귀는 것과 도대체 무슨 상관인지… 모든 것이 의문이었다. 내가 다른 친구들을 못생겼다는 이유로 무시하거나 모르는 사람 대하듯 하지 않았기에 더더욱 이해가 되질 않았다.

또 '성격 보고 판단하는 것'과 '얼굴 보고 평가하는 것'이 뭐가 다른가. 친구 사귀는 것과 이성을 사귀는 것 모두 성격을 보고 판단한다고 하면, "저 사람은 얼굴은 안 보는 착한 사람이구나."라고 많은 사람이 생각한다. 하지만 그건 편견이다. 못생긴 사람이 못 돼먹을 수도 있는 것 아닌가. 성격 보고 판단하면 좋은 사람, 얼굴 보고 판단하면 나쁜 사람이라는 것은 어디서 나온 잣대이며 기준일까? 난 그저 마음 맞는 친구들이 예쁘고 잘생긴 것뿐이었다. 그리고 그 친구들은 마음씨도 예뻤고 모두는 아니지만, 대다수의 친구들과 현재까지도 친분을 유지하고 있다.

그 친구는 내게 잊을 수 없는 상처를 주었다. 오해라면 오해였을지도 모르고, 내가 정말 상처를 줬을 수도 있다. 하지만 내가 견디기 힘들었던 것은, 참 볼품없이 어그러져 버린 관계 때문이었다.

당신 역시 누군가를 좋아해 본 적이 있는가? 그렇다면 좋아하기 전에는 몰랐던 그 사람의 '어떤' 모습을 보고 실망한 적이 있는가? 그 실망한 모습은 혹시 '내가 원했던 모습'이 아니었기 때문은 아니었는가? '내가 좋아하는 사람이니까'라는 이유로 평가하고 상처를 준 적은 없는가?

우리는 좋아한다는 것이 권리가 아님을 알아야 한다. 내가 원하는 모습이 아니었다고 하면 그만 좋아하면 된다. 그 부분이 실망이었다면 그냥 돌아서면 된다. 당신의 마음에 안 드는 그 부분을 인지시키고 고치게 할 권리가 당신에게는 없다. 그 누구도 좋아한다는 이유만으로 상처를 줘서는 안 된다. 좋아한다는 감정은 본인만의 것이다. 본인의 감정만을 우선시하며 그것을 상대방에게 알아 달라 강요해서도, 애정을 요구해서도 안 된다는 것이다.

'좋다'라는 말은 가벼운 의사 표현으로도 흔히 사용되는 말이다. 하지만 사람이 그 대상이 된다면, 그 감정이 담긴 말로 무게를 갖게 된다. 그렇기 때문에 가볍게 말한 말도 무겁게 받아들일 수 있다.

내 마음과 감정이 중요한 만큼 상대방의 마음을 좀 더 배려할 수 있는 멋진 사람이 되길 바란다. 상대방에게 비쳐질 나의 모습을 선택할 수 있다면 찌질한 사람보다는 좀 더 여운이 남는 사람인 편이 낫지 않을까?

아름다움의
취향

예로부터 '먹기 좋은 떡이 맛도 좋다'고 했고, '기왕이면 다홍치마'라고 했다. 아름다운 것을 좋아하고, 추한 것을 싫어하는 것은 기준이나 취향의 차이가 있을 뿐 도덕적으로 아무런 문제가 없다. 못생긴 사람이라고 해서 싫어하는 게 아니라면 더더욱 도덕적으로 문제가 없다. 하지만 사회적으로 외모를 따진다고 하면 눈초리가 좋지 않은 것은 사실이다.

나의 지인 중 한 명은 외모에 대해 확고한 신념을 가지고 있다. 바로 '못생긴 사람이 못됐다'는 것이다. 무조건 일치하는 것은 아니지만, 이야기를 듣고 나서는 수긍했다. 지인은 인생을 살아오면서 느낀 점이라 주관적임을 먼저 밝히고 말을 이어갔다. 본인의 외모로 열등감을 가지고 있는 사람이 못되게 행동하는 경우가 있다는 것이다. 즉, 못된 행동과 마음이 얼굴에 드러나게 되고, 스스로를 못나게 보인다는 것. 그래서 못생긴 사람이더라도 마음씨가 좋으면 예뻐 보이기도 하고, 귀여워 보인다는 것이다. 일리가 있었다. 완전히 공감할 수는 없지만 틀린 말은 아니었다.

나는 지인들 사이에서 얼굴 수집가로 유명하다. 전 '남친'들의 외모가 다 빠지지 않았기 때문이다. 하지만 난 잘생기기만 한 사람을 좋아하는 것이 아니다. 나는 다정한 사람을 좋아한다. 좀 더 정확하게 말하자면 키는 나보다 크고, 듬직하지만 살집은 없어 옷태가 좋고, 착하지만 강단 있고, 본인 앞가림 잘하고, 예의와 센스와 지성을 두루 갖추고, 쌍꺼풀 없이 '잘생기고 다정한 남자'를 좋아한다.

경험에서 나오는 상당히 주관적인 이야기지만, 나의 전 남친들은 두 부류로 나눠진다. 저 잘난 맛으로 얼굴값하는 사람과 인성마저 잘생긴 사람. 중간은 없었다.

저 잘난 맛에 사는 전 남친들은 꼭 얼굴값을 꼴값했다. 나보다 화장이 더 오래 걸리는 남친도 있었는데, 그는 주말이면 나를 속이고 헌팅포차에 갔고, 내가 편하게 옷을 입고 나온 날이면 "자기는 쎈 화장에 타이트한 원피스 입고 스텔레토 신었을 때가 예쁘더라."라고 말하며 옷 입는 것마저 지적했다. 그는 길을 걸을 때

나, 카페 창 측에 앉을 때면 평가하느라 바빴다. 지나가는 사람이 못생기거나 뚱뚱하면 얼굴을 평가하며 비웃는 것은 물론, 못생긴 남자가 예쁜 사람과 팔짱 끼고 지나가면 "저 인간 돈이 많나 보네."라며 조롱했다.

인성마저 잘생긴 사람은 신기하게도 생각하는 것도 잘생겼다. 식당에 갈 때면 예의 바르게 인사하고, 메뉴가 늦게 나오더라도 재촉 한번 하지 않았다. 그렇게 반찬과 음식이 나올 때면 서빙을 해주는 사람에게 감사 인사를 했고, 식사가 끝난 후에는 빈 접시를 치우기 편하도록 정리해 놓고 자리에서 일어났다. 어르신들에게 인성교육 잘 받았다고 칭찬받을 것 같은 스타일.

이렇게 말하고 보니 내가 정말 외모지상주의인 것 같지만, 내가 직접 겪고 느낀 사실은 일단 그렇다. 나는 외모로 남자친구 될 사람을 선택하기도 하지만, 그게 전부는 아니다.

나는 얼굴도 중요하기 때문에 지인들끼리 소개 매칭을 하게 되면 자연스럽게 남녀의 외모 합을 따지게 된다. 사실 인성은 이미 검증된 사람들이기도 하다. 첫인상과 호감은 상관관계에 있으며, 예쁘고 잘생긴 것을 싫어하는 사람은 극히 드물다.

잘생긴 연예인을 꼽을 때 거론되는 대표적인 배우들도 취향에 따라 호불호가 갈린다. 잘생겼다는 것은 바라보는 이의 주관적인 평가가 뒤따르기 때문이다.

이제 내가 말하고 싶은 것은 그 잘생김이란 물론 외모에서 오는 것도 있지만, 그 사람의 자기관리나 에티튜드 또는 정신건강 등의 영향도 받는다는 것이다. '슥' 봐서는 그 사람을 제대로 알 수 없다. 하지만 대화를 하거나 상대방이 어떤 행동을 취할 때 그것이 나의 호감도에 영향을 줬다면, 그 사람이 갑자기 예뻐 보이거나 잘생겨 보이기도 한다는 것이다.

정말 뻔한 얘기지만 그 뻔한 얘기가 진실이다. 실제로 성공한 사람들의 얼굴을 보면 예전에 고생하거나 마음이 단단하지 못했을 때는 길 가다 흔히 마주치는 아주 평범하고, 피곤이 찌들어 여유 없는 아저씨, 아줌마의 모습이었다. 그런데 스스로 노력하고 내면에 단단함이 쌓이게 되니 얼굴에서부터 여유로움이 느껴졌고, 빛이 나 보였다.

내면을 가꾼다는 것은 착하게 살라는 것이 아니다. 뜻 모를 배려를 하고, 실없이 웃으며 마음에도 없는 소리를 하라는 것이 아니다.

확고한 신념을 가지고 자신의 길을 걸어가는 사람, 자신의 생각을 명확하게 이야기할 수 있는 사람, 나의 목표를 위해 노력하는 사람, '나'의 내면을 들여다보고 가꿀 줄 아는 사람, '나'를 사랑하는 사람.

자존감과 자신감으로 단단함이 외면에 비쳐 보일 때 비로소 예쁘고 잘생긴 사람이 되는 것이다.

본인의 인생 안에 나를 '넣어 준다'는 것만 생각하지 말고, 상대방의 인생에도 본인이 '들어온다'는 것임을 인식했으면 좋겠다.

결혼이 하고 싶은
남자

나와 결혼하고 싶었던 남자친구들은 도대체 왜 '나와' 결혼이 하고 싶었던 걸까? 세 명의 '그 사람'을 곱씹어보며 유추해 본 결과, 몇 가지 알아낸 사실이 있다.

첫째로, 그들은 나와 결혼하고 싶지만, 정확히 '나와 결혼하고 싶은 것이 아니다. 여기서 '나'는 나만을 지칭하는 것이 아니다. 본인 시기에 결혼이 나쁘지 않고, 퇴근 후 집에 들어섰을 때 반겨줄 사람이 있었으면 하고, 무난한 결혼생활을 할 것 같은 사람은 누구든 곧 '나'가 되는 것이다.

만난 지 5일 만에 내게 결혼하고 싶다고 말한 사람이 있었다. 진지하게 본인 PR을 했다. 정말 본인의 '상품 가치'에 대해서 열

띠게 어필했었다. 직업군인이었던 그 남자는 본인 차부터 이야기를 꺼냈다.

"이 차는 제가 빚내서 산 것이 아니고 현금으로 결제했습니다."

그다음은 뭐 얼마를 모았고, 얼마를 모을 예정이고, 부모님은 노후대책이 마련되어 있다는 둥, 이것저것을 열정적으로 말하기 시작했다.

나는 경청은 했지만, 속으로는 '그래서 뭐 어쩌라고?'라는 생각을 몇 번이나 하고 있었다. 그럼에도 그는 계속해서 말을 이어갔다.

"아, 보통은 대위면 간호사랑 결혼 많이 하는데, 저는 이슬 씨가 치과위생사여도 괜찮습니다."

아니, 이 인간 봐라? 결혼은 나랑 하고 싶다고 그렇게 어필하면서, 나와 꿈꾸는 결혼생활에 대해서는 한마디도 없었다. 그저 '나는 이런 사람이니 당신은 손해 보는 장사가 아닐 것이다. 내가 다 감당하겠다'는 투였다. 도대체 뭘 믿고 저렇게 나댈 수 있는 건지.

치과위생사여도 괜찮아? 마치 본인이 결혼을 나와 해주겠다는 말로 들려서 실로 어이가 없었다.

"이슬 씨도 잘 생각해보셨으면 좋겠어요."

만난 지 며칠이나 됐다고 나를 평가하고 다른 사람들과 저울질해서 결혼하고 싶다고 말하다니… 나는 그 남자의 말대로 정말 '잘 생각해서' 헤어졌다.

두 번째로, 그들은 모두 '우리'의 모습을 제대로 보지 못했다. 우리의 모습에 지레짐작한 행복만 있고 현실은 없었다.

만난 지 100일 정도 된 남자였다. 그는 오후 9시나 10시에 퇴근을 했다. 그는 하루 종일 서서 일하는 직업이었다. 그는 매일 피곤하다고 말했다. 내가 느끼는 힘든 것은 힘든 축에도 끼지 않다는 듯이 말했다. 매일이 스트레스고 힘든 날의 연속이었던 그 사람은 퇴근 후에 꼭 사람들과 술을 먹어야 했다. 보통 나는 그 자리를 지키게 되었다. 나만 몰랐던 예고된 회식 자리에 참석하는 일도 잦아졌고, 내 의사와 상관없이 그의 사람들과 함께하게 되었다.

어느 날, 내 절친의 가족이 하는 치킨집에 가게 되었다. 나는 이모님들과 알음알음이 있었기 때문에 인사하고 자리에 앉았다. 내가 남자친구를 데려온 것이 신기하고 재밌어서 이모들은 내가 앉은 테이블에까지 와서 반겼다. 내가 일어나 인사하는데도 그는 일어나지도, 쳐다보지도 않았다. 싫은 기색이 역력했던 그는 자리에서 일어나 담배를 피우러 밖으로 나갔다.

그가 밖으로 나가자마자 이모들이 내게 심각한 표정으로 물었다.

"이슬아, 저 사람이랑 결혼할 거 아니지?"

왜 그런 질문을 하는지 알 만했다. 그래서 아직 잘 모르겠다고 답하자 이모들은 이렇게 조언해주었다.

"이슬아, 부모님한테 데려갈 것도 없다. 저 남자는 아니다."

이상하게 그 말을 듣자마자 우리의 관계가 적나라하게 보였다. 자연스럽게 미래도 그려졌다. 그 남자가 하고 싶은 결혼생활에 '함께'인 우리의 모습은 있지만, 그것은 '나의 희생'이 밑바탕이 되어 이루어진 모습이었다. 일에 찌들어 친구들과 혹은 직장 동료와 밤늦게까지 술 마시고 들어온 그에게 나는 뒤치다꺼리와 함께 쓰린 속을 달랠 해장국을 바칠 수 있어야 하고, 아이는 '혼자' 부족함 없이 키워내면서 일도 하는 맞벌이 여성이어야 했다.

나는 '그런 여자'는 되고 싶지 않았다.

세 번째, 우습게도 나는 본인의 그릇에 만족할 것이라고 착각했다.

지금보다 훨씬 더 어렸을 적, 공무원 준비를 하는 남자를 만난 적이 있었다. 그는 자신이 '공무원'이 아닌 '공무원을 준비하는 중'이라는 것에 자격지심이 있는 듯했다. 그래서 그런 것일까? 아니면 그저 착했던 것일까? 그는 헌신적인 사람이었다. 돈이 없던 그는 뼈해장국이 먹고 싶다는 나에게 12시간 핏물을 우리고 삶아내서 뼈해장국을 직접 만들어 주는 사람이었다.

내가 뼈해장국을 먹고 싶다고 말한 것은 그를 위한 배려였다. 하지만 결과적으로 배려가 아니게 됐다. 그는 자꾸 나를 미안해서 못 떠나게 했다. 나는 그저 그가 착해서, 나를 사랑해서 그런

줄만 알았다. 그런데 은연중 본인의 형은 외국계 회사에서 근무 중인데 어머니가 형의 여자 친구를 못 미더워했다는 말을 하곤 했다. 곡해가 아니라 정말 앞구르기, 뒤구르기 하고 들어도 마치 '내가 시험 합격하면 이 관계가 역전될 수도 있어'라고 하는 것만 같았다. 머리 좋은 사람이 생각을 그렇게밖에 못한다는 것에 대해 퍽 유감스러웠다.

그게 뭐라고, 자기가 뭐라고… 공무원이 좋았으면 애초에 공무원인 사람과 연애를 했겠지. 왜 본인을 만나고 있는지 상황 파악이 안 되는 미련한 사람의 그릇이 보여 헤어짐을 결심했다.

그 남자들과의 연애는 썩 나쁘지는 않았다. 별일이 있어 헤어진 것도 아니었고, 헤어지기 전후로 싸운 적도 없었다. 그런데 '헤어짐'을 선택했다.

연애의 완성은 '결혼'이 아니다. 하지만 마음의 준비도 없이 미완성인 상태로 결혼을 결심하는 것은 바보 같은 일이다. 연애도 결혼도 그저 '하고 싶다'는 마음만으로 해서는 안 된다.

좀 더 솔직하게 말하면, 본인의 인생 안에 나를 '넣어 준다'는 것만 생각하지 말고, 상대방의 인생에도 본인이 '들어온다'는 것임을 인식했으면 좋겠다.

사랑에
모양이 있다면

나와 남자친구는 4년차의 연인이다. 만난 지 3일 됐을 때는 꼭 300일은 만난 연인 같다고 신기해했는데, 3년이 넘은 지금은 아직도 30일 만난 커플같이 설렌다.

나는 남자친구와 치과에서 처음 만났다. 정확하게는 근무하는 치과에 내원하시는 환자분의 아들과 치과 직원으로 말이다.

그때 당시, 나는 3년차 치과위생사였는데, 아버님은 내가 그동안 임상에서 일하면서 만났던 환자분들 중에 제일 젠틀하고, 멋진 분이었다. 늘 웃으며 반갑게 안부를 물어봐 주시곤 했다. 처음 느껴보는 과분한 다정함에 녹아내린 나는 아버님이 내원할 때마다 성심껏 응대했다. 진심이 통한 것일까? 진료에 만족하셨는지

지인들을 많이 소개해 주었다.

그리고 가족들이 함께 치과를 찾았다. 어머님은 참 소녀 같으셨다. 들꽃 같은 웃음이 괜히 내 마음을 따뜻하게 했다. 다음 진료를 위해 아들을 호명했다.

"양세향 님."

양세향. 어쩜 이름이 이렇게 예쁜지 감탄하며 얼굴을 봤는데 거참, 인물이 훤했다. 내가 지금까지 봐왔던 사람 중에 가장 가정교육 잘 받고 커 온 사람처럼, 그냥 얼굴 자체가 '바른 생활 청년'처럼 느껴졌다.

충치 치료 때문에 아버님과 치과에 내원을 계속했는데, 차트에 써진 생년월일을 보고 나도 모르게 반가웠다. 아버님 담당하느라고 막상 자주 마주치지도 못하고, 인사도 제대로 못 한 날이 많았지만, 어쩐지 나 혼자서 이미 친구가 됐다. 감정이랄 것도 없는 딱 그 정도 관계였다. 그리고 치료가 끝나면서 자연스럽게 잊혔다. 아버님께서 멧돼지 고기를 권유하기 전까진.

어느 날 아버님이 멧돼지 사진을 보냈다. 산에서 내려와 농작물을 망치고 피해를 주는 멧돼지를 직접 잡은 것이었다. 아버님은 멧돼지 고기가 몸에 좋으니 내게도 주겠다고 했다. 호의는 참고마웠지만, 나는 선뜻 받을 수 없어 한사코 거절했다. 그러자 아버님은 식사 자리에 나를 초대하겠다고 했다. 내가 흔쾌히 응하지 않고 주저하는 기색을 보이자 아버님은 치과 사람들과 함께 오거나 친구랑 와도 된다고까지 하였다. 더 거절하면 결례가 될 것만 같았다.

예전 시골 마을에서 살 때의 기억이 생각났다. 마을 아저씨들이 돼지를 잡으면 마을 사람들이 옹기종기 모여 고기를 구워 먹고, 남은 고기는 나눠 가져갔던 광경이 떠올랐다. 그래서 '아~ 지인들과 여럿이 모여서 먹을 테니까 인사만 슬쩍 하고 와야겠다' 생각하고 초대에 응하기로 했다.

아버님이 식당을 운영하고 있었기 때문에 좀 더 가볍고 편한 마음으로, 복분자즙과 오디즙을 챙겨 들고 방문했는데 이게 웬걸, 식사 초대의 실체는 가족끼리의 모임이었다. 아버님, 어머님, 큰형, 예비 형수가 함께하는 식사 자리라니, 세상에 이게 무슨 일인가 싶어 당황했지만, 그러기엔 내가 넉살이 너무 좋았다.

어색함도 잠시, 모두가 반겨주고 살뜰히 챙겨주었다. 그래서 마치 나도 가족의 일원이 된 것만 같았다. 아버님은 둘째 아들과 내가 또래 같으니 둘이 친하게 지내라며 박장대소했다. 이때다 싶어 내가 동갑이라고 밝혔더니 당사자 빼고 모두 반색을 했다.

맛있는 음식을 먹고, 대화를 주고받고 하다 보니 시간 가는 줄을 몰랐다. 그날의 분위기가 그만큼이나 좋았다. 귀가 후에도 여운이 가시지 않아 아버님에게 식사 초대에 대한 감사 인사의 문자를 보냈다.

아침에 출근하면서도 어젯밤의 그 '기분 좋음'이 남아있어, 아버님에게 "친구라는 게 하겠다고 해서 되는 것은 아니지만, 세향이와 친하게 지내고 싶어요."라고 메시지를 남겼다.

그때부터 그와 연락을 주고받았다. 대화를 나누면 나눌수록 요즘 세상에서 보기 드문 순수하고, 정직한 사람이라는 것이 느껴졌다. 나와는 달리 사람이 네모반듯해서 신기하기도 하고 좋았다. 그래서 오래오래 친구로 좋은 영향을 받으며 지내고 싶었다.

좋은 인연이었기 때문에 관계를 욕심내지 않았고, 사람을 욕심내게 되었다. 그래서 친구로 좋은 인연을 오래 이어가고 싶었다. 좋은 사람을 곁에 두면 나도 스며들어 좋은 사람이 되지 않을까 하는 마음이었다.

그렇게 서로에게 젖어 들다 우리는 연인관계로 발전하였다. 내가 얌전한 남자친구를 꼬드겼을 거라는 지인들의 '뇌피셜'과는 다르게, 관계의 발전은 남자친구로부터 시작되었다.

우리는 조심스러웠지만, 이렇게 연인이 되길 잘했다고 생각했다. 초겨울에 만나 바람을 맞고, 눈을 맞고, 벚꽃을 맞고, 비를 맞고, 쏟아지는 햇빛을 맞으며 함께한 오늘까지 매일매일이 행복이고 사랑이다.

가끔 나는 직장 내 스트레스를 남자친구에게 말하곤 한다. "이

런 일이 있었는데 정말 짜증 나."라고 말이다. 그럴 때마다 그는
다 알아듣지 못하지만 한 번도 건성으로 들은 적이 없었다. 열심
히 들어주고 공감해주고 마지막엔 "예쁜 슬이가 참아."라고 한다.
그럼 거짓말처럼 천년의 분노도 녹아내린다. 스트레스가 최고조
에 달하는 날이면 그는 나의 퇴근 시간에 맞춰 직장으로 데리러
온다. 그의 집에서 내 직장까지의 거리는 한 시간 반이 걸렸지만,
그는 기꺼이 나에게 와줬다. 이런 그를 사랑하지 않을 이유는 단
하나도 존재하지 않았다.

　어느 날, 집 앞 카페를 함께 방문한 적이 있었다. 그가 카페에
서 시키는 음료는 늘 '내가 마시고 싶은 두 번째' 음료이다. 들어
온 지 한 시간쯤 됐을까? 갑자기 소나기가 내리기 시작했다. 비가
조금 누그러지자 그는 바로 앞 편의점까지 뛰어가 우산을 사 왔
다. 우리 집까지 횡단보도 두 개, 걸어서 5분. 그 조그만 우산을
둘이서 쓰고도 나는 거의 젖은 것 없이 집에 도착했다. 나와 달리
다 젖은 남자친구에게 "비 많이 안 맞게 해줘서 고마워. 미안해."
라고 하니 그는 "너와 이런 비를 처음으로 맞아본 날이라 같이
집 가는 동안 너무 좋았어."라고 했다. 그 말 한마디가 갑자기 그
날은 특별한 날이 됐다. 그는 나를 늘 특별한 사람으로 만들어준
다. 그리고 그런 그와 함께하는 모든 날은 특별한 날이 된다.

　서로가 서로에게 좋은 사람이라 생각해서 '서로에게 더 좋은

사람이기 위해' 노력하는 것들이 얼마나 감사할 일인지 몰랐는데 깨닫고 나니 참 소중한 마음이었다.

수차례의 계절이 바뀌면서 우리는 서로에게 자연스럽게 스며들었다. 나는 '배려하는 마음'과 '섬세함'을 갖게 되었고, 그는 '눌러 참지 않는 것'과 '유도리'를 갖게 되었다.

우리는 일상을 공유하며 사랑하되, 각자의 인생도 열심히 살기로 했다. '함께' 또 '따로' 하는 '교집합'의 연애. 나는 그의 손을 잡고 이끄는 대로 믿고 따라가다, 그가 지쳐서 힘들 때는 내가 앞장서서 그를 끌어줄 수 있는 사람이 되고 싶다.

그와 인연이 닿아 연인이 되기까지 그 모든 시간이 내게는 정말 큰 행운이었다. 그를 만난 이후로 나는 매일매일 행복하다. 그리고 이런 나를 그 사람도 틀림없이 사랑하고 있다고 감히 확신한다.

사랑에 모양이 있다면 아마도 그것은 그 사람, 그 자체일 것이다.

CHAPTER 5

내 인생에 관하여

'나의 인생을 살아야 한다. 오로지 나만이 갖고 있는 에너지와 장점을 뽐내며 나로 살아가는 것! 그게 진정한 행복이다.

시작하고 싶다면
지금 시작하라

얼마 전 나는 스마트스토어를 오픈했다. 핸드메이드 액세서리를 만들어 판매하는 것이다. 지인들은 내게 '갑자기?'라는 반응을 보였다. 타인의 시선에서의 나는 아마도 '급발진을 하는 사람'이다. 어느 날 갑자기 바디프로필을 촬영하겠다 하고, 어느 날 갑자기 책을 쓰겠다 하고, 어느 날은 갑자기 강사가 되겠다 하며, 어느 날은 또 갑자기 스마트스토어를 오픈했다.

사실, 어쩌면 이 중에 진짜 '갑자기'는 없을지도 모르겠다. 오래전부터 바디프로필과 쇼핑몰 운영에 대한 동경이 있었고, 작가가 되는 것은 오랜 꿈이었으며, 강사 역시 1년 정도를 고심했었다. 남들처럼 어떤 모습을 동경하고, 어떤 꿈을 가졌고, 무언가를 희망했다.

다른 점이라면, 그것을 생각으로 그치지 않고 행동으로 옮겼다는 것이다. 주변에서는 어느 날 갑자기 충동적으로 시작한 줄 알지만 나는 나름의 계획이 있었다.

내 목표는 이런 것들로 성공하는 것이 아니다. 그저 하고 싶은 일을 실제로 해보는 것, 일단 시작해보는 것, 그 자체가 이미 내게 성공이었다.

핸드메이드 액세서리 쇼핑몰은 사업계획서부터 초기자본, 시장조사, 디자인, 제품 가격 형성 금액, CS 프로토콜까지 꽤 오래 구상을 했다. 그럼에도 모든 것이 당황스러웠다. 미숙한 점이 보일 때마다 지인들은 소비자이면서도, 그럴 수 있다며 다독이고 격려해줬다. 이런 부족한 점을 고객들에게 보이기 전에 보완되었다는 점에, 다행이면서도 지인들 역시 나의 고객이기 때문에 미안한 마음이 들었다. 그들에게 보답하기 위해서라도 계속해서 보완해 나갔다. 지인들은 그런 나의 노력의 결과를 재구매로 보여줬다.

'오늘 대충이라도 시작하라'는 말이 있다. 사람들은 '시작'에 대해 압박을 하며 의미를 두는 경향이 있다. 그래서 시작에 대한 시기를 결정하는 것을 끊임없이 미루기도 한다. 지나친 신중함은 때론 포기로 이어지기도 한다. 굳이 시기를 결정해야 한다면 '지금'이다.

'시작이 반이다'라는 말처럼 시작을 대충이라도 하게 되면 방향이 어느 정도 잡히기도 한다. 그런 대충의 시작과 결정은 결과적으로 좋은 결정이 되어 나를 성장시킨다. 물론 안 좋은 영향을 미치기도 한다. 하지만 그러더라도 계속 나아가야 한다. 행동이 뒤따르지 않는 성공은 없다. 실패해 본 이가 성공도 할 수 있는 것처럼 말이다.

사람들은 다른 누군가가 이룬 성공을 부러워하고, 그 사람이 되고 싶어 한다. 그것이 나의 상황이나 가치관, 성격, 정체성 그 무엇이 됐든 맞지 않더라도 성공한 사람의 비결을 따라 한다. 마치 그게 정답인 양. 그러나 그런 방식으로는 무엇도 제대로 이룰 수 없다.

온전한 내가 없다면 성공도 의미가 없다. 나만의 인생을 살아야 한다. 이는 별나게 살라는 뜻이 아니다. 평범하게 살지 말라는 말도 아니다. 소위 잘나간다는 사람들의 꽁무니만 쫓으며 내가 누군지도 잊은 채 살아가지 말라는 것이다. 그저 '나'의 인생을 살아야 한다는 것이다. 오로지 나만이 갖고 있는 에너지와 장점을 뽐내며 나로 살아가는 것. 그게 진정한 행복이 아닐까?

현재 나는 치과에 근무하고 있다. 출간하기 위해 책을 쓰고 있으며, 치과 전문 강사가 되기 위해 준비 중이고 동시에 스마트스토어를 오픈했다. 이 모든 것이 동시에 이루어지고 있다. 이렇게까지 열심히 살 생각은 없었는데 본의 아니게 그렇게 됐다. 내 인생의 타이밍에서 지금이 최적의 시기인 것 같았다. 피곤하지만 일이 너무나도 재미있고 하루하루 새로운 인생을 사는 기분이다. 그리고 문득 직감했다. 그 무엇도 놓치지 않고 잘해 낼 수 있을 것 같음을.

'천 리 길도 첫걸음으로 시작된다'라는 북한 속담이 있다. 모든 일에는 다 시작이 있음을 비유적으로 이르는 말이다. 우리나라에도 같은 속담이 있다. '만 리 길도 한 걸음으로 시작된다'라는 속담이다. 크게 이룰 일도 처음 시작은 작고 보잘것없는 것이었다는 말이다.

어쩌면 내 인생 여러 갈래의 수만 리 길 중, 어느 곳에 내 발자취를 남겨보는 것은 어떨까. 바로 지금 한 걸음 떼 걸어보자. 새로운 길이 열릴 것이다.

서른, 나는 아직
어른이 되려면 멀었다

아주 어렸을 적에 막연하게 생각한 어른의 나이는 '서른 살'이었다. 상상 속에서 서른 살인 나는 자상한 남편을 만나 가정을 이뤘고, 멋진 엄마였다. 꽤 여러 번 장래희망에 현모양처라는 말도 썼던 것 같다. 분명 나는 선생님이 되고 싶었고, 작가가 되고 싶었으며, 피아니스트 등 많은 직업을 갖고 싶었는데 왜 꼭 상상 속에서 서른 살의 나의 모습은 가정을 이룬 '여자'였을까. 결혼하고, 그 사람과의 아이를 갖는 것, 그것이 의미하는 것은 무엇일까.

서른 살. 성숙한 어른도, 어린애도 아닌 어중간하고 불안정한 나이. 나는 올해로 서른 살이 되었다. 누가 내 인생을 정해주던가. 아마도 첫 개입은 부모님이지 않을까 싶다. 부모님이 겪은 시대

혹은 태어났을 환경, 가치관, 우선순위 등을 종합하여 내 인생에 기보가 있는 바둑을 두게 된다. 착실하게 초중고를 나와 적절한 직업을 갖는 것, 다음 수를 둘 곳이 이미 정해진 바둑, 여기에 진정 나를 위한 삶이 있을까? 정답은 내가 두기 마련이다. 그것이 무리수가 될지, 승부수가 될지는 내 행보에 달렸다.

하지만 많은 사람이 내 인생에 훈수를 두곤 한다. 고등학생 때는 "취직 잘 되려면 이과로 가야지." 졸업을 앞두고는 "지잡대여도 과가 중요하지." 대학 가고 나서는 "얼른 취업해야지." 취업하고 나면 "걔는 연봉 얼마 받는다더라." 이제는 "더 나이 들기 전에 얼른 시집가야지. 너 늙어서 애 낳기 힘들다."라고 말이다.

그렇게 궁금해하고 한마디씩 참견했던 내 인생은 이제 꼭 결혼만 앞둔 사람만 되었다. 나의 모든 것을 직업을 갖기 위한 관문으로 만들더니 이제는 결혼을 내 인생의 최종 퀘스트처럼 대한다. 결혼하고 나면 "아이는 언제 낳을 거니?" 임신하면 또 "둘째는 언제 낳니?" 하겠지.

늦은 나이가 아니고 내가 뭘 잘못한 것도 아님에도 취직이든, 결혼이든 하지 못한 나를 그렇게 바라보면 나도 모르게 괜스레 초조해지기 마련이다. 저마다의 인생이 있고, 인연이 있고, 사연이 있음에도 주변에서는 '저 나이가 되도록 대체 뭘 하고 사는지'로 일축하려 한다. 그 길이 우리 모두가 당연히 가야 할 길은 아닐진대.

어른이 된다는 것은 '내가 할 수 있는 알'과 '할 수 없는 알'을 알고 있다는 것이다. 나는 항상 선택에 책임질 수 있는 멋진 어른이고 싶다. 적어도 남들 다 그렇게 산다는 이유만으로 등 떠밀려 살고 싶지는 않다.

내 나이 서른. 결혼하고 싶지만 내 인생도 중요하다. 혼기 찼을 때 만나고 있는 사람과 결혼하는 것이 아닌, 나와 함께 행복할 사람과 결혼하고 싶은 것이다. 처음으로 길게 길러본 머리카락을 숏커트로 잘랐을 때는 "결혼식 때 머리는 어떻게 하려고 그렇게 짧게 잘랐어?"가 아닌 "잘 어울리네."라는 말을 듣고 싶은 것이다.

최근 부모님은 내가 결혼할 자금을 모으지 않고, 현재의 행복을 위해 거리낌 없이 값을 지불하고, 미래에 아낌없이 투자하는 것에 걱정이 많다.

수개월 전 부모님과의 저녁 식사 자리에서 아버지는 "네가 한다던 강사 일, 돈은 잘 안 될 거 같아."라고 못마땅해했다. 단번에 나는 "돈이 되게 해야지. 아빠 딸 성공할 거야."라고 말했다.

나는 내 인생에 확신이 있다.

그리고 내게 있어 내 인생이 가장 우선순위에 있다. 1번도 아니고, 0번이다. 이건 영구 결번이다. 그런 내게, 마치 지금까지 열심

히 살아온 것이 '취직하기 위해서' 또는 '결혼하기 위해서'로 변질
되는 것이 퍽 유감스럽다.

나의 바람은 '일장춘몽' 덧없는 꿈이 아니다. 멋지게 변화될 내
인생을 위해 나는 끊임없이 도전하고, 선택하고, 노력할 것이며,
결혼 또한 '내 인생이 행복해지기 위해서' 할 것이다.

성장을 위한 실패는 내가 노력한 만큼 가치가 생길 것이고, 나
는 일과 사랑 모두 쟁취할 것이다. 결국, 내 인생은 빛이 나게 되
어있다. 내가 그렇게 살기로 마음먹었으니까.

내 나이 서른. 하고 싶은 것이 많은 나는 아직 어른이 되려면
멀었다.

내 미래에 관하여

●

잠재해 있는 나를 발견하고, 더 나은 나의 미래를 상상하는 대로 만들어 갈 수 있다면?
어떤 나의 미래를 선택하든, 그게 무엇이든 우리는 될 수 있다.

어쩌면 당신도 그렇듯, 나도 내 미래를 잘 모르겠다. 그저 내가
원하는 미래는 견딜 수 있는 힘든 범위 안에서 누리는 평범함이
다. 어렸을 때 꿈꿔 본 미래, 아무렇게나 혹은 쉽게 생각했던 미
래들은 이제 나를 비웃는다. 내 능력 밖이거나 혹은 의문과 두려
움이 있기 때문이다.

더 이상 어리지 않는 우리는 이제 상상을 하면서도 현실적인
테두리를 만들어 내곤 한다. 나이를 먹을수록 상상의 폭은 점점
더 줄어들게 된다. 좀 더 현실적이게 말이다. 자꾸 상상 속에서도
현실적으로 생각하며 선을 그어버리게 된다. 혹은 그 이상이 없
거나.

최근에 나는 로또를 사며 행복한 상상에 빠졌다. 20대 초반에는 로또 당첨되면 부자가 될 것이라고만 생각했다. 하지만 30대를 코앞에 둔 나는 어이없게도 로또 1등 당첨이 부족했다. 건물 하나 사고, 부모님 노후대책과 내가 살 집 등등 이것저것 지출을 생각해보니 딱 맞아 떨어지는 것이 아닌가. 실제로 부족하다는 생각마저 들었다.

로또 당첨이라는 상상을 하면 항상 나는 돈이 마르지 않는 부자가 되어 작은 섬 하나 거뜬히 장만하는 상상을 했는데 이제는 상상을 해도 재미가 없다.

내 미래는 무엇일까? 지금처럼 살다 보면 평범한 인생이 될 것이다. 어떤 사람은 평범한 인생을 원한다. 또 어떤 사람은 화려한 인생을 꿈꾸고 나는 적당히 화려하고 적당히 평범한 사람이 되고 싶다.

나는 재미있는 삶을 원한다. 하지만 내게 주어진 삶은 그다지 재미있는 삶은 아닌 것 같다.

학창시절 내내 꿈을 위해 혹은 직업을 위해 열심히 입시 준비를 하게 되고, 대학 졸업 후에는 치열하게 취업전선에 뛰어들게 되고 취직을 위해 노력한다. 그렇게 직장인이 되고 나면 또 하나의 관문이 기다리고 있다.

결혼.

부모님께서는 그렇게 내가 뭐가 될지 관심을 가지면서, 이제는 결혼이라는 것 하나로 모든 인생을 일축해버린다. 내 인생이 꼭 결혼만 남은 사람 같다. 그리고 그 결혼을 하고 나면 내 인생은 없을 것만 같다. 누군가의 아내가 된 내 인생은 있겠지만 개인의 나는 없을 것만 같다. 나는 어떻게 살고 싶은 걸까? 내 미래는 어땠으면 하는 걸까?

나는 지금도 내 미래를 모르겠다. 지금처럼 치과에 계속 다닐 수도, 다른 일을 할 수도 있다. 앞으로도 계속해서 글을 쓸 수도 있고 아닐 수도 있고, 어느 것 하나 확실한 것이 없지만 꼭 확실히 해야 할 필요는 없는 것 같다.

그래도 명확하게 선을 그어야 한다면 내 마음만은 확고하게 다지고 싶다. 아무럼 어떠냐고 욕심내고 싶으면 욕심을 내면 되고, 안정적인 것이 필요하면 안정적인 것을 원하면 된다고

하고 싶은 일이 있는데 도전하고 싶으면 도전을 하는 거고, 여건이 되지 않으면 타협하면 된다.

받아들이기 어려울 수 있지만 결정하고 나면 한결 받아들이기가 편해진다. 번복할지, 순응할지는 당신의 몫이다. 순응하면 그저 평범한 인생을 살게 될 뿐, 달라지는 것은 없다. 하지만, 잠재해 있는 나를 발견하고, 더 나은 나의 미래를 상상하는 대로 만들어 갈 수 있다면? 어떤 나의 미래를 선택하든, 그게 무엇이든 우

리는 될 수 있다.

바로 오프라 윈프리의 말처럼 말이다.

"당신이 원하거나 믿는 바를 말할 때마다 이를 가장 먼저 듣는 이는 당신 자신이다. 스스로 한계를 두지 마라."

잘못된 경로로 들어선 차는 유턴하면 그만이다. 나갈 길이 어중간하여 한참을 뱅뱅 돌다가 나간다 해도 도착지에 도착할 것이다. 당신 인생 또한 그럴 것이다. 뜻이 있는 곳에 길이 있고, 그 뜻은 당신이 마음먹은 모든 것이 될 수 있다.

그러니, 무엇이든 괜찮다고, 너무 염려하지 말라고 말해주고 싶다.

때로는 자신의 인생에 물음표를 던져야 한다. 나는 누구인지, 무엇을 좋아하는지, 어떤 사람이고 싶은지 스스로에게 질문하고 답변하는 시간이 필요하다.

내 인생
5년 후

우리는 **이루어질 수 없는** 상상을 하면서도 가끔 현실적인 테두리를 만들기도 한다. 나이를 먹을수록 상상의 폭은 좀 더 줄어들게 된다. 좀 더 현실적이게 말이다. 자꾸 상상 속에서도 현실적으로 생각하며 선을 그어버리게 된다. 혹은 그 이상이 없거나.

"당신은 5년 뒤 어떤 모습입니까?"

생각해 본 적이 있는가? 단순한 미래의 상상 말고 서른네 살의 나, 서른아홉 살의 나를 생각해 본 적이 있는가? 나는 정확히 5년 전, 스물아홉 살의 나를 상상해 본 적이 있다. 과거에 떠올린 스물아홉 살의 나는 치과 실장이 되었다. 그게 전부였다.

어떤 모습으로 변화되었을지, 어떤 인생을 살고 있을지 떠올리지 못하고 직업적인 위치만 생각했다. 마치 어렸을 적 "너의 꿈이 뭐니?"라고 어른들이 질문할 때에 소망이 아닌 장래희망만 말하는 것처럼 말이다.

스물아홉 살의 나는 실장이 되었다. 실장이 되는 것이 전부인 줄 알았는데 아니었다. 여전히 나는 배우고 있으며 성장해 가고 있다.

얼마 전까지 '이것으로 되었다'고 생각했다. 아주 완벽한 목표설정이라고 생각했다. 하지만 여기서 빈틈을 발견했다. 바로, 내가 상상한 5년 뒤의 모습에는 일로써 성공한 나의 모습만 있다는 것이다.

나는 유명한 작가로, 강사로, 치위생사로서 이미 나의 꿈에 대해 진행 중에 있다. 그것은 이미 마음속으로도 의도한 상태이며, 순항 중이라는 것이다. 간혹 파도를 만난다 하여 나는 두려워하지 않을 것이며 배를 돌리지 않을 것이다. 나의 목표는 신대륙발견이 아니다. 하지만 그 끝에는 신대륙발견이 있을지도 모르겠다. 내가 상상하던 대로, 원하는 대로, 그곳이 어디든 갈 테니까.

한 EBS 강사가 꿈에 대한 열린 생각을 말한 부분 중 인상에 남는 것이 있다.

"나의 꿈은 검사가 되는 거예요. 나의 꿈은 CEO가 되는 거예요. 좋습니다. 그런데 여러분들, 착각하지 마십시오. 그건 여러분들의 꿈이 아닙니다. 그것은 바로 JOB, 직업일 뿐입니다. 여러분의 꿈은 명사여선 안 됩니다. 여러분의 꿈은 동사여야 합니다. 내가 CEO가 돼서 뒤에 오는 사람들을 위해서 내가 무엇을 할 것인지 이야기할 수 있는 게 여러분의 꿈이어야 합니다."

많은 사람이 꿈을 물으면 명사로 대답한다. 그리고 그것이 진짜 꿈이라고 생각하고 그 꿈을 이루기 위해 노력한다. 그런데 그 끝에는 아무것도 없다. 검사가 되었어, CEO가 되었어, 그래서 뭐? 꿈이 다 이루어진 것인가? 검사가 되어서 나는 무엇을 어떻게 살아갈 것인지가 명확해야 한다. 그래야 검사가 되고 끝이 아닌 그 다음이 있는 것이다. 마치 그 일이, 그 JOB이 내 인생의 전부인 양 생각하면 그 꿈이 이루어졌을 때 오히려 허무함만이 남을 수 있다.

일은 내 인생의 전부가 아니다. 일은 나 자신이 아니다. 일은 내 진정한 꿈이 아니다. 하지만 우리는 너무나도 당연하게 내 인생을 일에 맞춘다. 일이라는 명확한 명사가 있어야 열심히 할 수 있을 것만 같다. 그렇게 앞만 보고 달려가다가 결국 일을 이루었을 때의 허탈함을 모른 채 말이다.

문득문득 '나는 누구지? 나는 지금 무엇을 하고 있지? 내 인생은 어디에 있는 것인지? 나는 잘 살고 있는지?'라는 물음이 밀려오지만 애써 외면한다. 내 인생에 있어 일이 1순위가 아님을 알면서도 일에 매달려 살아왔기 때문이다.

우리는 때때로 우리의 인생에 물음표를 던져야 할 때가 있다. 나는 누구인지, 나는 무엇을 좋아하는지, 나는 어떤 사람이고 싶은지 본인 스스로에게 질문을 던지고 답변하는 시간을 가질 필요가 있다.

나는 무엇을 가장 좋아하는가?

나는 무엇을 할 때 가장 행복한가?

나는 어떤 인생을 살고 싶은가?

질문에 바로 답이 나오질 않는다면, 확신에 찬 대답이 아니라면 그동안 진짜 내가 누구인지도 모른 채 살아온 것이다. 이제 나를 들여다볼 시간이다.

내 인생 5년 후, 나는 어떤 사람이길 원하는가!

죽음의
문턱에서

"당신은 충분히 만족스러운 인생을 살았는가?"

죽음의 문턱에서 당신에게 누군가 이 질문을 하게 된다면, 당신은 어떤 대답을 하게 될지 생각해 본 적이 있는가.

50년 후, 30년 후, 10년 후, 1년 후, 아니 지금 당장 죽음의 문턱에 있다면. 당신은 만족스러운 인생을 살았노라고 대답할 수 있는가.

중학생 때의 일이었다. 가족들과 마을 뒷산을 산책하고 집에 돌아오는 길이었다. 처음부터 모여서 뒷산에 갈 생각은 없었다. 그저 그 어귀에서 우연히 만나 함께 산책하게 되었다. 나는 자전거를 타고 있었기 때문에 그 근처에 잠시 자전거를 대놓고 가족들과 함께했다. 오래되어 기억은 잘 안 나지만 그때의 분위기는 좋았던 것 같다. 산책이 끝나고, 집에 가는 길에 나는 다시 자전거에 올라타며 외쳤다.

"엄마, 내가 빨리 가서 김치찌개 불 올릴게. 배고파 빨리 밥 먹자!"

집으로 가는 콘크리트 언덕을 올라가기 위해 나는 있는 힘껏 자전거 페달을 밟았다. 그리고 얼마 지나지 않아 쿵 울리는 소리가 들렸다.

나는 머리부터 콘크리트 바닥에 떨어졌다. 페달을 있는 힘껏 밟았는데 체인이 빠지면서 튕긴 것이었다. 그리고 기억나는 것은 잠깐 잠깐의 장면들이었다.

충격받은 동생의 표정, 태어나 처음 보는 아빠의 오열, 내가 혹시 잘못될까 봐 차마 만지지는 못하고 울며 쉴 새 없이 기도하는 엄마, 소리에 놀라 나온 동네 이웃들을 보며 나는 까무러쳤다.

구급차에 실려 가며, 검사를 받으며 계속해서 토했다. 눈알이 돌아가고 정신을 차렸다 잃었다 하는 나를 보며 가족들이 얼마나 무서웠을지 상상이 되지 않는다.

다행히도 나는 단순한 뇌진탕이었다. 머리부터 콘크리트에 곤두박질쳐 피가 나오지 않아 뇌로 피가 고일까 봐 걱정했는데, 검사 결과 괜찮았다고 한다.

며칠간 눈을 뜨기만 해도 힘들었다. 천장이 빙글빙글 돌아 어지러워 계속 누워만 있었다. 그러다 조금씩 괜찮아져 복도를 거닐 정도가 되었다. 일상에 다시 가까워지자 제일 먼저 맛있는 음식이 먹고 싶었다.

병원 밥은 맛이 없었다. 어린 마음에 밥투정을 했다. 아빠는 내가 집 뒤뜰에 심어둔 복분자를 자주 따먹었다는 것이 생각나 복분자를 한가득 따오기도 했다.

그때는 어떤 것에 감사하는 마음을 갖기에는 너무 어렸다.

우리 부모님은 참 바쁘게 살았다. 시골의 마을에서 번듯한 양복을 입고 일하시는 모습이 어린 마음에 참 좋았고, 또 싫기도 했었다. 시골 교회에서 목회자로 산다는 것은 쉬운 일이 아니다. 그때의 나는 알 턱이 없었다. 그저 바쁜 부모님이 싫었고, 나보다 다른 사람들을 더 신경 써 주는 게 싫었다.

그런데 내가 아픔으로써 온전히 엄마 아빠의 시간을 갖게 되다니… 아픔도 잠시, 오히려 좋았다. 하루 종일 내 곁에 붙어 계시는 엄마, 틈만 나면 나를 궁금해하시는 아빠, 나를 걱정하는 동생, 학교 안 가고 편하게 누워있는 시간들, 먹고 싶은 간식 골라 먹는 것, 무엇 하나 빠지지 않고 좋았다.

어린 나이였나 싶지만, 정말 내게도 주마등처럼 인생이 스쳐지나갔다는 것이 신기했다.

그때 이후로 부모님은 내게 많은 것을 바라지 않았다. 기대는 여전했겠지만 내게 '이렇게 살아라' 강요한 일이 없어졌다. 그저 내가 건강하고 행복하기만 바랐다. 가끔 부모 욕심에, 안타까움에 조언과 실망을 감추지 못할 때도 있었지만 항상 마지막은 "그래, 건강하기만 하면 된다고 하나님께 약속했다."라며 나의 선택을 존중해주었다.

나 또한 진짜 내가 하고 싶은 것을 찾아다녔다. 그저 학생으로서의 본분만을 지키며 주어진 삶을 살기보다는 하고 싶은 것이 너무나 많았다. 내게는 죽음의 기로 같았던 그 경험이 목표를 향해 나아갈 수 있는 원동력이 되었다.

철학자 앨리스 콜러의 말을 떠올려 본다.

"삶을 자기 것으로 만드는 출발점은 무언가를 사랑하는 것이다."

나는 죽음을 앞두었을 때 내 삶을 온전히 나만의 것으로 만들었을까?

나는 망설이지 않고 그렇다고 대답할 것이다. 나는 '나'를 사랑한다. 나는 내 인생을 완전히 '나의 것'으로 만들었다. 지금 당장 죽음의 문턱을 밟게 되었다 한들.

끝맺지 못한 일에 대한 대처방안은 없으면서 괜찮다고 말하는 것은 긍정을 가장한 회피다. 회피는 앞으로 나아가는 데 결코 도움이 되지 않는다.

끝맺음을
대하는 태도

급한 끝맺음은 가끔 여운이 짙다. 시종여일始終如一. 처음과 끝, 시작과 마무리가 한결같아야 한다는 의미다. 모든 일을 하는 데 있어서 용두사미가 되지 않도록 처음 시작과 같이 마무리가 잘 이루어져야 한다는 뜻이다.

나는 시작은 참 잘하는데, 그에 비해 끝맺음이 부족하다. 어떤 일은 끝맺음이 되지 않았음에도 덮어서 그대로 끝내버릴 때가 있다.

수능 때 언어영역의 시간이었다. 교실에 시계가 없어 감독관이 시간을 봐주기로 했다. 나는 최저등급으로 언어영역 점수만 잘 나오면 돼서 평소 언어영역만 공부했었다. 5개년 모의고사를 풀며 4개 이하로 틀려 본 적도 없었고, 시간을 못 맞춘 적도 없었다.

"이제 슬슬 마킹하세요."

쿵, 갑자기 심장이 빠르게 뛰었다. 아직 몇 문제가 남아있었는데 마킹할 시간이라니. 지금까지 한 번도 시간을 못 맞춘 적이 없었기에 내 감은 '아직 시간이 남았어'라고 말하고 있었지만, 시계가 없으니 확신할 수가 없었다. 그래서 한두 문제를 더 풀고 뒤네 문제는 아무거나 찍어 마킹했다. 답안지 마킹을 다 끝내고 책상에 엎드려서 시험지를 걷어가길 기다리고 있는데 감독관이 말했다.

"15분 남았으니까 마킹하세요."

아니, 그럼 좀 전에 마킹하라는 것은 뭐였지? 나는 분명 그렇게 들었는데?

알고 보니 시계가 없으니까 마킹하면서 풀라는 말이었던 것이다. 이때라도 나는 남은 문제를 다시 풀었어야 했는데, 이미 끝냈기 때문에 손대기 싫어서 그대로 놔뒀다. 무려 대학 입학을 결정짓는 수능시험에서 말이다. 결국, 뒤에 찍은 네 문제만 쭈르륵 틀렸다.

시계가 없던 그 상황도, 정확히 시간을 말하지 않고 슬슬 마킹하라고 해서 헷갈리게 한 선생님도 모두 문제였지만 상황을 바꿀수 있었음에도 바꾸지 않았던 것은 나였다. 나는 이렇게 가끔 설

부르게 끝맺음을 내곤 한다. 그것은 어느 날엔 과제가 되기도 하고, 어느 날엔 중요한 계약이 되기도 하고, 어느 날엔 중요한 일 처리가 되기도 하고, 어느 날엔 관계가 되기도 한다.

최근에 나는 강사가 되기 위해 강사과정을 듣고 있다. 과정 중 반부로 넘어오면서 본인이 하고 싶은 강의에 대해 기획서와 계획 서를 작성하게 됐다. 강사님들은 기획서와 계획서를 잘 써야 강 의도 그대로 채울 수 있다고 했다. 처음에는 '기획서와 계획서가 다 작성되었으니까 마찬가지로 그대로 채우면 되는 거 아닌가?' 단순하게만 생각했다.

거듭되는 피드백과 수정으로 인해 기획서와 계획서는 탄탄하 게 만들어져 갔고, 이 정도면 됐다는 생각에 흡족했다. 바로 강의 PPT와 대본을 쓰기 시작했다.

내 머릿속의 계획은 그럴싸했다. 그런데 만들다 보니 계획서의 내용은 증발하기 일쑤였다. 분명 이런 방향이 아니었는데 촉박한 시간에 얼른 마무리하려고 서두르니 계획서에 없던 오만 것들을 넣고 있는 나를 발견했다. 가까스로 심기일전하여 제대로 된 마 무리를 짓기 위해 다시 처음을 생각했다. 그 간단하다고 생각했 던 것이 무너지니 어려웠다. 모래사장에 집을 짓는 것과 같을 수 밖에.

가끔 나는 거창하고 시끌벅적한 시작들을 맞이하곤 한다. 굉장히 잘 될 것 같은 희망과 함께 광활하게 펼쳐진 내 상상 속 미래를 들여다보며 힘차게 시작한다. 결국, 그런 것들은 종종 용두사미가 되기도 한다. 분명 다 중요한 시작이었지만, 그중에 우선순위가 정해지고 나면 아래쪽에 차지하고 있는 시작들은 그대로 강제 종료가 된다. 물론 우선순위에 따라 가장 중요한 것을 먼저 하는 것이 맞지만 그렇다고 아래쪽에 있는 일들이 중요하지 않은 것은 아니다. 그것 또한 마무리를 잘해야 하는데 흥미가 떨어져 하다 말고 멈춘 그 자리에서 그대로 종료가 되는 것이다. 끝맺음을 잘하는 것은 중요하지만 참 쉽지 않다.

우리는 끝맺음에 책임을 질 줄 알아야 한다. 우선순위든 아니든 끝매듭을 짓고 다른 시작을 하는 것이 맞다. 그것이 곧 나의 태도가 된다.

"Manners maketh man."

매너가 사람을 만든다. 이 말은 영화 <킹스맨>의 명대사다.

매너, 즉 태도는 이 사람이 어떤 사람인가 보여주는 중요한 요소 중 하나이다. 우리가 살면서 끝맺음을 하는 것은 어쩌면 당연하지만, 현대사회에서는 당연하지 않기도 한다.

꽤 많은 사람이 맺지 못하는 끝맺음에 대해 고민한다. 그러나 주변과 미디어에서는 무분별하게 "그래도 괜찮아."라고만 말한다. **물론 괜찮을 수도 있다. 긍정적인 생각을 하는 것은 좋다. 그런데**

끝맺지 못한 일에 대한 대처방안은 없으면서 그저 "괜찮다."라고 만 말하는 것은 진정한 긍정이 아니다. 긍정을 가장한 회피다. 회피는 앞으로 나아가는 데 결코 도움이 되지 않는다.

가고자 하는 방향이 틀렸다면 멈추고 유턴해도 괜찮다. 하지만 타던 것을 그대로 길 위에 버리듯 놔두고 다른 탈 것으로 옮겨 타 다른 길을 가는 것과는 다르다는 것을 알았으면 한다.

끝맺음을 잘 짓는 사람은 지혜로운 사람이라고 한다. 나는 지혜로운 어른이고 싶다. 시작을 곧장 해내는 사람이기에 더욱 끝맺음을 잘 짓고 싶다. 그래야 더 값진 결과물을 얻을 테고, 그 결과물에 대한 책임도 즐겁게 질 수 있을 테니까.

CHAPTER 6

관계에 관하여

관계에 관하여

●

모든 관계의 중심에는 내가 있어야 한다. 내 감정, 내 마음, 내 기분, 이 모든 것이
내가 먼저여서 적당한 거리를 두고 관계를 정리할 줄도 알아야 한다.

우리 인생에서 뭔가를 딱딱 분류해서 정하기 어려운 것들이 있다. 그중 한 가지는 바로 '관계'일 것이다. 어떤 사람은 관계를 딱 정하기도 하고, 어떤 사람은 그 관계에 휘둘리며 끌려다니기도 한다. 이것은 본인의 성격이 아니더라도 주변의 상황 때문에 그러기도 한다.

나 역시도 아직까지 관계에 대하여 상심하기도 한다. 모든 관계가 잘 되어야만 하고 좋은 관계여야만 하는 것은 아니다. 하지만 가끔은 터무니없는 관계임에도 웃어야 할 때가 있다. 아마도 한국 사회에서 더 떼려야 뗄 수 없는 것이 이런 관계이지 않을까 싶다. 나도 모르는 사이에 학연, 지연, 엄친딸에 구속받기

도 하니까.

어느 날 나는 우연한 계기로 인터넷 커뮤니티에 '관계'에 대한 고민으로 쓴 글을 본 적이 있다. 작성자는 인간관계에 상처받고 힘들어서 글을 올리게 되었다고 한다. 최대한 상대방과 안 부딪히려고 노력하고 웃어넘기다 보니 속에서 곪아 터졌다는 것이었다. 본인의 노력이 당연해지고, 아니다 싶어 말하면 분위기 이상하게 만든다며 질책하고 무시한다는 내용이었다. 글에는 댓글이 하나 있었는데, 답변 내용은 이랬다.

"모든 사회가 다 그래요. 혼자만 그렇게 생각하는 거 아니고요. 근데 생각했어요. '그래 내가 니들보다는 난 사람이니 봐준다. 그리 살아라. 나는 내 편히 산다.' 너무 깊게 생각 마세요."

작성자는 댓글에 이렇게 답글을 달았다.

"답변자님은 정말 그렇게 생각하면 마음이 편하신가요? 저는 20년 넘게 그렇게 살아와서 그런지 이렇게 당해온 시간이 너무 분하고 억울한데."

이 글을 보고 나서 나는 그냥 지나칠 수 없었다. 그래서 내 이야기를 적어나갔다.

"저는 무례한 사람에게는 무례하게 대합니다. 반말하면서 삿대질하는 아저씨한테는 더 크게 소리 지르면서 반말하지 말라고 반말하기도 하고, 싸가지 없는 택시 기사에게는 싸가지 없게 굴기도 합니다. 남들은 제게 세상 편하게 산다고 하지만, 사실 그렇게 행동하고 나면 굉장히 마음이 안 좋습니다. 내가 꼭 이렇게까지 해야 됐을까 하는 마음도 들었고, 나를 다른 사람들은 어떻게 볼지 걱정되는 마음에 힘들기도 했습니다. 하지만 웃고 넘기는 것이 세상만사 형통하게 하는 일이 아니라는 것을 알게 된 후로부터는 그렇게 행동합니다. 상대방은 나를 배려해주지 않고, 본인 편한 대로 생각하고, 무례하게 구는 데 왜 저는 웃으며 넘어가야 하는지, 나에게 상처 주는 사람들에게 다쳐 마음이 곪고 터져 나가는 와중에도 스스로를 탓하고 있는 저 자신을 발견하며 자괴감을 느끼기도 했습니다. 왜 저만 그 사람들을 이해해야 하는지, 왜 합리화를 제가 하고 있는지, 어느 날부터는 그러기 싫어졌습니다. 그래서 무례한 사람에게는 무례하게 대하기로 했습니다. 인생 피곤하게 사는 것 같기도 한데, 한편으로는 너무 편합니다. 내가 없으면 어차피 인생 흘러가는 거 아무 상관없습니다. 내가 존재해야 합니다. 내가 존재하는 이유는 다른 사람들이 만들어주는 것이 아니라 내가 만드는 것입니다. 외모 지적하는 사람에게 인성을 지적하는 게 처음에만 어렵지 막상 몇 번 하고 나니 어렵지 않더라고요. 또라이가 적성에 맞는 사람도 있습니다. 저처럼요. 물론 이렇게 살라는 것은 아닙니다. 본인만의 방식이 있고, 아마도 그 방식은 틀이 정해져 있지 않을 겁니다."

그리고 나의 답변은 채택되었다.

사람 인연을 깍둑썰기로 댕강 잘라버리긴 어려울 수 있지만, 그런 사람들도 있다. 그런데 우리는 그런 사람을 이해하든지 혹은 이해하지 못해 떠나기도 한다. 내가 그런 사람이 된다면 다른 이들도 그럴 것이다. 나를 이해하든지 혹은 이해하지 못해 떠나가든지. 그리고 나는 얼마 지나지 않아 "원래 그런 사람이야."라는 말을 듣게 될 것이다.

우리는 어쩌면 생각하는 모습대로 살 수 있다. 하지만 지나치게 남을 생각하느라 그렇지 못할 때가 많다. 관계에서 가장 중요한 것은 나다. 모든 관계의 중심에는 내가 있어야 한다. 내 감정이, 내 마음이, 내 기분이, 모든 것이 내가 먼저여서 적당한 거리를 두고 관계를 정리할 줄도 알아야 한다는 것이다.

나를 방치하면서까지 애를 써야 되는 관계는 없다. 그것은 애초에 '관계'가 아닐 테니까.

나는 모두에게 좋은 사람이고 싶은 마음이 없다. 그럼에도 당신이 나를 좋은 사람으로 알고 있다면 그건 당신이 좋은 사람이기 때문이다.

너는
참 좋은 사람이야

지금보다 몇 년 전일지는 모르겠지만 아무튼 지금보다는 어렸을 적에 나는 좋은 사람이고 싶어 했다. 좋은 딸이고 싶었고, 좋은 친구이고 싶었고, 좋은 사람이고 싶었다. 누구를 위해서인지도 모르고 그저 나는 '좋은 사람'이 되고 싶어 했다.

이기적으로 보일까 봐, 욕심 많게 보일까 봐, 배려심 없어 보일까 봐 항상 그놈의 좋은 사람이란 말을 듣고 싶어서 누가 바라지도 않는데 스스로 더 망가졌던 적이 있다.

왜 그랬을까? 돌이켜보면 별 볼 일 없는 내가 싫어서, 좋은 사람이라는 타이틀이라도 달자 싶어서 그랬던 것 같다. 그때의 나는 멍청했지만 지금 와서 생각해보면 꼭 멍청하다고 단정 지을 수도 없다. 그때의 나에겐 그게 최선이었기 때문이다.

지금의 나는 모두에게 좋은 사람이고 싶은 마음이 없다.

첫째로, 나는 정말로 좋은 사람이 아니기 때문이다. 이기적일 때도 있고, 욕심도 많고, 삐딱한 시선으로 남을 바라보기도 하고, 열정적으로 누군가를 싫어하기도 하고, 어쩌면 허영심으로 가득 찬 사람. 그게 바로 나이기에.

둘째로, 좋은 사람의 명확한 기준을 모르기 때문이다. 우선 좋은 사람의 '좋다'라는 단어는 국어사전에서 이렇게 표현한다.

1. 대상의 성질이나 내용 따위가 보통 이상의 수준이어서 만족할 만하다.

2. 성품이나 인격 따위가 원만하거나 선하다.

3. 말씨나 태도 따위가 상대의 기분을 언짢게 하지 아니할 만큼 부드럽다.

종합적으로 보자면, 좋은 사람은 남들이 보기에도 호불호 없는 사람인 것이다. 그렇다면 나는 국어사전에서 준한 좋은 사람과는 거리가 멀다.

나는 호불호가 강한 편이고, 생각에만 그치는 것이 아니라 자주 표현한다. 이런 내 모습을 보며 나를 불호하는 사람도 있으리라. 국어사전에서 말하는 성품이나 인격 따위 원만하지 않고, 선하지도 않다. 또 가끔은 말씨나 태도로 상대의 기분을 언짢게 만들기도 하고, 기분 나쁘게 만들고 싶어서 강하게 말하기도 한다. 나는 예의를 반드시 모든 사람에게 다 지켜야 한다고 생각하지 않는다. 무례한 사람에게는 무례하게 대해도 괜찮다고 생각한다. 그래야 그들도 자신이 무례하다는 사실을 알 테니까.

다시 첫 문장으로 돌아가, 나는 모두에게 좋은 사람이고 싶은 마음이 없다. 그럼에도 당신이 나를 좋은 사람으로 알고 있다면 그건 당신이 좋은 사람이기 때문이다. 그저 나도 그런 당신에게만큼은 좋은 사람이고 싶기 때문이다.

그러니까 내가 하고 싶은 말은, "멀쩡한 척하지만 이렇게나 꼬인 내 곁에 있어 줘서 참 고맙다. 당신이야말로 참 좋은 사람이다."이다.

일상에서 마주치는 무례한 사람에게 착한 사람이 되려고 무리할 필요는 없다. 정신건강을 위해 미소로 무시하는 것도 좋은 방법이다.

나는 내게 무례한 사람에게 웃지 않는다

≪무례한 사람에게 웃으며 대처하는 법≫이라는 책이 있다. 책 제목이 눈에 담긴 순간부터 아주 강렬하게 그렇게 하고 싶다는 욕구가 내면에서 꿈틀거렸다.

예전에 근무했던 치과에서 짧은 기간 동안 함께 일했던 선생님이 문득 생각났다. 그분은 정말 무례한 사람에게 웃으며 대처할 줄 알았고, 서로의 기분이 상하지 않고 원하는 결과를 얻어냈다. 부드럽지만 강했고, 숙이고 들어간 듯 보여도 '을'을 자처하지 않았다.

처음 상황을 목격했을 때는 굉장히 충격적이었다. 딱딱하다 못해 부러져버리는 나와는 참 달랐기 때문이었다. 특히 감정 소모에 힘들어하는 나에게는 동경의 대상이 되었다.

툭 건들면 스스로의 몸집을 키워내는 복어처럼 과거의 나는 사소한 것임에도 신경이 예민해져 뾰족하게 날을 세웠었다. 나이가 들면서 점점 내가 원하는 모습이 어느 정도 정착이 됐다. 합의점은 딱 중간 정도이다.

나는 내게 무례한 사람에게 웃지 않는다. 그래도 계속 무례하게 굴면 나도 무례하게 대한다. 그것이 내 방식이다. 그래도 사회생활을 거의 10년째 하다 보니 나름 무례한 사람에게도 웃으며 대처할 줄 알게 되었다.

어머니가 중요한 행사 때 입을 원피스가 필요하다 해서 쇼핑을 하러 간 적이 있다. 어머니는 평소 거절이나 싫은 소리를 잘 하지 못하는 터라 쇼핑을 가면 본인 스타일이 아님에도 거절을 못 하고 입어보거나 권유에 못 이겨 구매했다가 후회하는 경우가 종종 있었다. 그때마다 안타까웠었는데 이번엔 나와 동행하니 그런 걱정은 할 필요가 없었다.

30대 여성복 위주의 매장이었지만, 지나가다 스쳐본 매장 진열 상품이 눈에 밟혀 매장에 들어가 보기로 했다.

"누가 사실 거예요?"

우선, 누가 살 거냐는 질문부터 거슬렸다. 화장기 없는 얼굴에 모자를 눌러쓰고 트레이닝복을 입고 있는 사람과 50대 여성은 손님으로 보이지도 않는다는 말투였다.

"저희 엄마요."

"아, 여긴 젊은 사람들 옷 파는 덴데?"

말이 짧았다. 그 직원은 매출을 올리려면 이렇게 말했어야 했다. "편하게 둘러보시고, 입으실 분의 연령대를 말씀해주시면 추천도 해드리고 있어요."

나는 가뿐히 무시하고 말했다.

"이거 사이즈 보여주세요."

"이거 입어보시게요? 이거 66이라 입으시면 될 것 같은데."

어머니는 보통 55 사이즈를 입는다. 사이즈라는 게 좀 웃긴다. 55 사이즈여도 크게 나온 55가 있는 반면에 작게 나온 66도 있다. 하지만 슬쩍 봐도 원피스는 커 보여서 55 사이즈를 달라고 했다. 어머니도 클 것 같다고 했지만, 그 직원은 66 사이즈가 맞을 것 같다며 반복해 말했다.

"사이즈 없어요?"

"아, 창고에는 있긴 할 거예요. 아니면 이건 어떠세요?"

아무래도 저 직원은 팔릴지 안 팔릴지 모르는 원피스를 가지러 창고에 다녀오기 귀찮았던 것 같다. 짜증 나서 대꾸도 하지 않고 다른 매장으로 가고 싶었지만, 이미 한 차례 둘러본 후였고 오늘 꼭 사야만 했다. 그래서 무례함을 무례함으로 대했다.

"안 입어봐도 안 어울리는데? 디자인도 촌스럽고 알아서 볼게요. 저 원피스 55 사이즈 창고에 있는지 없는지 재고부터 확인해 주세요."

그제야 직원은 잠시만 기다려 달라며 창고에 다녀왔다. 가져온 55 사이즈의 원피스는 기성복처럼 잘 맞았다. 어머니와 참 잘 어울리는 디자인이었고 세련되어 보였다.

결제하면서 직원은 아까는 기분 상하게 말하려던 것이 아니었다며 웃었다. 나도 따라 웃으며 말했다.

"저는 기분이 참 별로였어요."

어머니는 간혹 무례한 사람에게 무례함으로 되갚아 주는 나의 모습이 낯설고 약간은 불편하다고 했다. 하지만 그날은 의외였다. "때로는 살다 보면 웃고 넘기고 싶지 않을 때가 있다. 그때 그렇게 말해줘서 속이 다 시원했다."라며 웃었다.

무례하다는 것은 태도나 말에 예의가 없음을 뜻한다. 때때로 회사 동료가, 지인이, 모르는 사람이 내게 무례하게 대할 때가 있다. 나는 어디까지 웃으며 넘겨야 할까? 이상하게 변질되어 버린 동방예의지국은 어린 사람이나 계급이 낮은 사람은 무례한 말에도 웃으며 넘겨야만 한다. 만일 웃으며 넘기지 못하면 그 사람을 '웃자고 한 말에 죽자고 달려드는 이상한 사람' 또는 '또라이'로 만들어버리곤 하기 때문이다.

어느 아침 출근길, 여느 때와 같이 버스를 기다리고 있었다. 버스가 정차하면, 정차한 곳을 기준으로 해당 버스를 타는 사람들의 줄이 생긴다. 이것은 암묵적인 룰이기도 하다. 그날은 운 좋게도 버스가 내 앞에 딱 멈춰 섰다. 기분 좋게 타려고 하는데 어떤 할아버지가 뒤에서부터 다른 분들을 밀치며 새치기로 버스에 타려고 했다. 나는 이미 버스 계단을 오르고 있었기에 따로 양보할 것도 없이 그대로 버스에 올랐다. 다른 때와 달리 그날의 버스는 한산했고 자리도 많았기 때문에 별생각이 없었다. 할아버지는 내 뒤를 이어 계단을 오르셨는데, 잔뜩 성이 났는지 나를 밀치며 큰 리로 말했다.

"사람이 좀 배려를 할 줄 알아야지, 어디 젊은 사람이 노인네가 올라가는데 막아서길 막아서! 빨리 타면 얼마나 빨리 간다고, 양보할 줄도 모르고! 그렇게 살지 말어!"

안타깝게도 나는 틀린 훈계에 죄송하다고 고개를 숙이는 사람이 아니다.

"할아버지, 할아버지는 빨리 타시려고 뒤에 사람들 다 밀치면서 새치기하셨잖아요. 빨리 타면 얼마나 빨리 간다고 제 인생 걱정 마시고, 버스 출발해야 하니까 얼른 자리에나 앉으세요."

나는 지금 생각해도 틀린 말, 틀린 행동을 했다고 생각하지 않는다. 하지만 사람들은 정확한 상황이나 분위기 파악보다 색안경을 낀 채로 판단했다. 그렇게 나는 어른에게 소리치는, 경우 없는 사람이 되어버렸다.

옛날 사람이니 이해하라는 말, 혹은 나이 드신 분의 말이니 그러려니 고갤 숙이라는 말은 이제 시대에 맞지 않는다. 결국, 배움과 인성의 차이인 것이다.

웃는 얼굴에 침 못 뱉는다고 하지만, 나는 웃으며 무례를 저지르는 사람에게 침을 뱉을 수 있다. 일상에서 마주치는 무례한 사람에게 착한 사람이 되려고 무리할 필요는 없다. 어차피 앞으로 안 볼 사이고 우린 서로 모르는 사이니까. 가끔 정신건강을 위해 들려오는 멍멍이 소리는 귓등으로 들으며 미소로 무시하는 것도 꽤 좋은 방법이 될 수 있다. 요즘같이 마스크를 필수로 착용하는 시대에 한 귀로 흘려듣고서 눈만 웃고 있는 것은 정신건강을 지키는 아주 수월한 방법이 될지도 모르겠다.

살다 보면, 원하지 않는 감정 소비를 해야 하고 타인이 쏟아낸 감정 쓰레기를 분리수거를 해야 할 때가 있다. 그래서 인생에는 적당한 '선'이 필요하다.

선을 만드는
사회적 거리두기

한 계절이면 지나갈 줄 알았던 '코로나19'는 2020년을 지나 2021년까지도 이어졌다.

코로나19로 많은 사람이 힘든 시기를 보내고 있다. 손님이 오지 않아 폐업하기도 하고, 일이 없어 직장에서 쫓겨나기도 하고, 자유롭게 여행을 다니지도 못하고, 마스크와 한 몸이 되어야만 했다.

그런데 무조건 나쁘기만 했는가? 꼭 그렇지만은 않았다.

'사회적 거리 두기'와 '마스크 착용'은 불편함을 동반한 단점이면서도 장점도 지니고 있었다. 불필요한 만남을 어떻게 거절할지 고민하지 않아도 알아서 제한되고, 마스크로 내 표정도 숨길 수 있고, 감기에 걸리는 일도 줄어들었다.

사회생활을 하다 보면 불필요하고 불편한 모임이 있다. 이 모임들의 특징은 아니라고 하면서도 반 강제성을 띤다는 것과 아무 짝에도 쓸모없는 대화의 향연이라는 것이다.

물론 모임에 나가면 맛있는 것도 먹고 가까운 사람들과 대화를 나누며 재미있게 즐기기도 한다. 하지만 관계를 유지하기 위한 피로도도 함께 누적된다. 배는 채우고 오는데 마음은 공허하고, 지갑은 비우고 왔는데 마음은 무겁게 가득 차서 오기도 했다. 선을 긋고 싶지만 딱 잘라내기 어려워 쌓이고 쌓인 피로도로 스트레스를 받기도 했다.

그런데 코로나로 모임 인원수를 제한하고, 시설 이용 제한, 시간제한이 되니 정말 필요한 모임만 진행하거나 모임을 진행하더라도 심플하게 진행하거나 무기한 연기되었다. 가게를 운영하는 자영업자들은 이로 인해 휘청거리기도 하지만, 관계가 힘든 사람들은 한편으론 반갑기도 하다.

내가 체감하는 코로나는 위험성과 경각심을 제외하고는 '여유로움' 그 자체였다.

자연스럽게 그런 모임들에서 벗어나면서 갖는 나만의 시간은 참 달콤했다.

혼자만의 저녁 시간이 생기고, 주말이 생기는 것. 아무것도 하지 않고 누워서 핸드폰만 봐도 '힐링' 그 자체였다. 선이 아닌 선이 생겨도, 아무도 집에만 틀어박혀 있는 나를 이상하게 생각하지 않아서 좋았다.

또 다른 장점 아닌 장점 중에는 '마스크 의무 착용'이 있다. 요즘은 어떤 업무를 하더라도 서비스와 친절은 기본 소양이 되어가고 있다. 하지만 과연 어디까지가 당연히 제공해야 할 서비스이며, 어디까지가 당연히 행해야 하는 친절인가? 그 한계가 참으로 애매할 때가 있다.

죄송하지 않을 상황인데 죄송하다고 해야 하고, 되레 큰소리치며 억지를 부리는 사람에게도 우리는 서비스와 친절함을 잃지 않으려 노력한다. 하지만 그것이 우리가 노비나 하인이기 때문이 아니다. 나쁜 관계를 맺고 싶지 않을 뿐이다.

그런데 자꾸만 그런 마음을 파고들려고 하는 사람들이 있다. 그렇기 때문에 우리는 관계 곳곳에 일정한 선을 정해야 한다. 물론 이 보이지 않는 선을 무시하며 가볍게 찢고 들어오는 사람도 있다.

나는 치과에서 근무하는 8년차 치과위생사이며 실장이다.

나의 친절에는 선線이 있다. 우리 치과 대기실에는 흔한 병원들이 그렇듯 커피머신과 여러 종류의 차가 준비되어 있다. 가끔 응급 상황이나 예상치 못한 상황으로 인해 대기 시간이 길어진 경우 환자분에게 양해를 구하며 차를 타 드리거나, 긴장을 많이 한 나머지 몸까지 떠는 환자에게 대화하며 따뜻한 차 한잔을 드리기도 한다.

이런 경우는 온전히 내 마음이 이끄는 친절인 경우다. 이 사소한 친절이 환자에게는 너그러운 마음을 갖게 해주기도 하며, 긴장을 해소하는 장치가 되기도 한다.

어느 날, 어떤 환자가 점심시간에 찾아왔다.

"아가씨, 나 접수는 안 하고 가격 상담만 좀 하려고 그래도 되지? 거, 커피 한 잔 줘 봐요"

이제는 짬에서 나오는 바이브가 있는지, 마냥 불쾌해하지 않는다. 하지만 그렇다고 해서 내 표정이 괜찮을 리 없었기 때문에 마스크를 착용하고 있다는 사실이 새삼 고마웠다.

"안녕하세요, 혹시 불편한 치아가 있으신가요?"

"치과를 이가 아파서 오지, 안 아프면 뭐하러 오겠어? 소파에 앉아 있을게 예쁜 아가씨가 맛있게 커피 한 잔 타줘 봐요. 난 저거 하얀 거~ 하얀색 커피 저거, 저게 맛이 좋드만."

나는 이런 사람들을 보면 이제는 신기하다. 도대체 사회생활은 어떻게 하였는지, 가족들과 대화는 통하는지…

"오신 김에 치아와 잇몸뼈 상태도 정확히 알고 치료 계획에 대해 설명 들으시면 더 좋으실 거 같은데 어떠세요? 저희가 2시부터 진료 시작하고 있어요. 먼저 인적사항 적어주시고 오른쪽에 비치된 커피머신에서 커피 한 잔 뽑아 드시고 계시면 준비 후에 안내해드리겠습니다."

"아~ 거, 그 커피 한 잔 뽑아줄 수도 있는 건데 참."

나는 그분의 마지막 말은 못 들은 척 눈으로만 웃어 보였고, 그렇게 대화는 끝이 났다.

맞다. 커피 한 잔 아무렇지 않게 뽑아 줄 수 있는 일이다. 나는 그 행위 자체를 싫어하는 것이 아니다. 하지만 굳이 내가 그래야 할 이유도 없고, 그러고 싶지 않다고 판단이 되면 그렇게 하지 않을 뿐이다.

예전에 근무하던 치과의 실장은 찾아오는 환자들에게 일일이 커피를 타 주며 친절을 베풀었다. 그 일은 곧 내 일로 이어졌다. 실장의 그 친절로 환자들은 직원이 커피를 타 주는 것을 당연하게 받아들였기 때문이다. 내가 그렇게 하지 않는다고 해서 불친절한 것이 아닌데, 그렇게 만들어지는 상황이 황당하고 이해할 수 없었다.

마스크를 착용하지 않았더라면 내 일그러진 표정을 수습하려고 부단히 노력했어야 했을 텐데 이제는 어느 정도 스킬이 생겨 눈웃음만 짓는다. 아마도 마스크가 없는 내 표정은 컴플레인 대상이 될지도 모르겠다.

할 말이 없어도 눈으로 싱긋 웃어넘기고, 어이가 없어도 눈으로 싱긋 웃어넘기고, 불쾌해도 눈으로 싱긋 웃어넘길 수 있는 마스크는 정말 만능 아이템이다. 목소리도 친절하게 말하면 금상첨화다.

살다 보면, 피곤하지만 어쩔 수 없이 해야 하거나 받아들여야 하는 것들이 많다. 원하지 않는 감정 소비를 해야 하기도 하며, 말 같지도 않은 말을 경청해야 하는 시간 낭비를 해야 하기도 하고, 타인이 쏟아낸 감정 쓰레기를 내가 분리수거를 해야 할 때가 있다. 이때, 표정 관리가 안 되면 굉장히 피곤해진다. "표정이 왜 그래?"로 시작해서 "넌 그래서 안 되는 거야."로 끝나는 고막 테러를 당할지도 모른다.

'사회적 거리 두기'는 코로나가 아니더라도 꼭 필요한 제도임이 틀림없다. 우리 인생에는 적당한 '선'이 꼭 필요하기 때문이다. 예전이야 손절이 어려웠어도 이제는 손절하는 게 어렵지 않다. 자연스럽게 멀어지는 경우도 파다하기 때문이다. 나를 어떻게 생각할지 걱정되고 전전긍긍했던 마음들은 이제 어디론가 가버렸다. 모두에게 좋은 사람이 되지 않아도 좋다. 앞으로 안 볼 사람인데 뭐 어쩌랴.

말하는 이도 내 기분이나 상황 따위를 고려하지 않고 쓰레기를 내뱉는데 나라고 신경 쓸 필요가 있는가.

대화하는 순간, 아니 어쩌면 마주치기 전부터 피곤해지는 상대와는 선을 긋는 것이 맞다. 나 먹고살기도 바빠 죽겠고, 내 마음 돌보기도 벅찬데 언제까지 남들 눈치만 보면서 살아갈 수는 없는 노릇이다.

쓰레기는 늦게 치우면 늦게 치울수록 좋은 꼴을 못 보고 치우게 된다. 좋은 사람이 되고자 본인의 마음을 신경 쓰지 않는 사람은 바보다.

본인의 마음이 다치지 않게 나만의 적당한 선을 만드는 것은 어떨까?

거리를 두는 만큼, 마음도 여유로워질 것이다.

함께 비전을 정하고 앞으로 나아가며 성장하는 것! 함께함으로써 서로서로 시너지효과를 내고 결국은 각자의 인생이 더 좋은 방향으로 흘러가는 것!

관계 안에서의
어시스트

EPL프리미어리그 통산 3번째 '이달의 선수'로 선정된 손흥민 선수는 모두가 인정하는 월드클래스 축구선수이다. 얼마 전 그는 EPL 아시아 선수 최초로 4골을 넣는 쾌거를 이뤘다. 이날 손흥민은 중계 방송사 인터뷰에서 본인의 4골 모두 어시스트했던 해리 케인에게 감사를 전하며 "우리는 서로가 뭘 원하는지 정확하게 알고 있다. 앞으로 더 많은 것을 이뤄 나가겠다."라고 말했다.

물론 처음부터 그들의 합이 잘 맞았던 것은 아니다. 해리 케인이 원톱일 때 탐욕왕이라고 불렸던 시절이 있었고, 손흥민은 화면에 잡히지 않을 정도로 볼 터치가 적었던 시절도 분명 있었다. 하지만 이제는 당당히 토트넘을 이끌어가는 메인 선수들이며 자타공인 프리미어리그 최강 '공격 듀오'이다.

사전적 의미의 어시스트란, 축구, 농구, 아이스하키 등에서 득점할 수 있는 좋은 위치에 있는 선수에게 공을 보내는 일, 또는 그런 선수를 뜻한다. 주로 해리 케인과 같은 운동선수에게 쓰이는 말이지만 다른 직업을 가진 이들에게도 통용되는 말이다. 물론 내 직업인 치과위생사에게도 마찬가지다. 진료실에서, 데스크에서 각자의 위치에서 최선을 다하며 원장 선생님이 양질의 진료를 할 수 있도록 어시스트하고 있기 때문이다.

7월 말, 연말까지 4개월 남은 시점에서 원장과 회의를 했다. 개원 2년차이자 실장 1년차로서의 중간 평가와 연말 목표를 수립하기 위함이었다. 나는 치과 실장이기 때문에 환자의 니즈 파악이 우선 중요하지만, 동시에 직원이기 때문에 원장의 니즈 파악도 중요했다. 그래서 원장의 니즈 재파악에 나섰고, 월 매출과 월 보험 청구 등 평균금액의 희망 사항에 관해 대화했다. 우리 치과가 더 성장하길 바랐고, 더 잘될 수 있다는 자신감도 있었다.

그러나 그 대단한 자신감도 잠시, 회의를 하면 할수록 눈앞이 캄캄해졌다. 원장이 제시한 희망금액은 지금 매출에서 2~3천만 원 정도를 더 올려야 했고, 보험 청구는 거의 천만 원 정도 상승시켜야 가능한 금액이었다. 우리 치과는 소규모로 원장 포함 5인 사업장이다. 원장과 실장인 나는 주 6일 출근하고, 진료실 선생들은 주 5일 근무시행, 6일 중 3일은 진료실 선생 2명이 근무한다. 체어는 수술실과 예진실을 제외하고 실질적으로 3대를 돌리고 있다. 내원 환자 수는 일 평균 10명 내외.

우리 치과는 원장이 스켈링이나 치아 홈 메우기와 같은 치과위생사의 일조차 모두 직접 할 때가 많기 때문에 하루 20명도 버거울 때가 많다. 이런 상황에서 그만큼의 매출을 올리기 위해서 원장 선생님은 그동안의 진료 스타일을 버리고 임플란트 수술만 할 건지 의문스러웠다.

예전 일이지만, 스케일링을 하려고 내원한 환자에게 깨끗하게 스케일링을 안 해도 된다고 얘기한 것이 머릿속을 스쳐 지나갔다. 다섯 달 전 충치 치료한 재료가 빠져서 온 소아 환자에게 비용 안 받겠다고 한 것도 생각났고, 씹어버려 맞지 않는 타 치과 인레이 환자에게 비용 설명하고 인레이 진행하기로 했지만, 붙여주고 당연히 맞을 리 없는 교합조정을 열심히 해 준 것도 생각났다. 물론 환자를 위하는 그 마음은 충분히 이해가 되지만, 그럼 매출은 어떻게 올리려는지 알 수 없었다.

회의 내용의 반은 흘려듣고, 반만 실행에 옮겼다. 하늘을 봐야 별을 딴다고, 진료를 해야 청구를 하는데 아무리 생각해도 내 입장에서는 소폭이라도 상승하면 다행이었다.

먼저, 진료실 업무 개편부터 했다. 진료실 매뉴얼을 세부적으로

조정했고, 어수선한 분위기를 타파하고자 '전담환자제'로 진행하기로 했다.

사실, 문제 있는 모든 것을 한 번에 개편하기란 쉽지 않다. 먼저 습관이라는 것은 무섭고 동기부여는 어렵기 때문이다. 그래서 최대한 진료실 선생들의 동기부여를 위해 집중했다. 단순히 원장 옆에서 석션을 하는 것이 다가 아니라, 선생님 한 분 한 분 전문인력으로서의 에티튜드를 갖길 원했다. 환자가 접수되면 내원 이유와 차트 내용을 먼저 빠르게 확인 후 대기실로 나가 직접 인사하고 치료받을 체어까지 안내하는 것, 오늘 받을 진료를 확인해주고 약간의 긴장을 풀어주는 것, 만일 대기시간이 발생할 것 같으면 스케일링 안내를 하고 시행하며 구강 상태에 대하여 스몰토킹을 하는 것, 적절한 구강위생용품을 설명해 주는 것 등등.

나는 선생님들에게 제안만 하였을 뿐인데 진료실의 분위기가 확연히 달라졌다. 다들 더 열정적인 자세로 임했다. 끊임없이 질문하고, 피드백 받길 원했다. 환자들의 신뢰로 진료는 더욱더 매끄럽게 이어져갔고 자연스럽게 매출이 올랐다. 개원 이래 최고의 매출이었다.

이렇듯 각자의 위치에서 하는 어시스트는 좋은 결과로 이어진다. 치과 운영도 결국은 '팀플레이'이기 때문이다. 서로의 합이 잘 맞아야 원하는 방향으로 나아갈 수 있다. 원장만 아는 비전을 직원들이 알 턱이 없고, 출근했기 때문에 일하는 직원은 다음이 없을지도 모른다. 함께 치과의 비전을 정하고 앞으로 나아가며 성장하는 것, 그리하여 원장님이 끝내주는 진료로 득점하도록 어시스트하는 것, 이것이 우리의 사명일지도 모른다.

인생은 각자의 영역이지만, 어떤 것이든 서로 어시스트해서 좋은 결과를 도출해낼 수 있다. 직장 내 관계에서도, 친구 관계에서도, 연인 관계에서도 우리는 어시스트를 할 수 있다.

함께함으로써 서로서로 시너지효과를 내고 결국은 각자의 인생이 더 좋은 방향으로 흘러가는 것! 인생이라는 경기에서 좋은 도움을 받아 득점을 해내고, 나 역시도 상대방에게 시기 질투나 무관심이 아닌 좋은 도움을 주는 것! 이것이야말로 바로 현대사회에서 필요한 어시스트이자 멋진 팀플레이가 아닐까.

나와 관계없는 사람의 말에 상처받지 말자. 진짜 나를 위한 말이 아니다. 그들은 보고 싶은 모습만 본다. 그럴 때일수록 듣고 싶은 말만 듣자.

적당한 거리가
필요한 사이

'고나리'가 무슨 말인지 아는가? 고나리란 지나치게 아는 체하며, 이래라저래라 하는 것을 이르는 말로, 사람을 통제하고 지휘하며 감독한다는 뜻의 '관리'를 키보드 자판으로 빠르게 치면서 생긴 오타인 '고나리'에서 비롯된 신조어다. 여기에 좋지 않은 행위에 비하하는 뜻을 더하는 '질'을 붙여 '고나리질'이라고 하기도 한다.

보통은 명절에 친척들이 하는 참견에 '고나리' 혹은 '고나리질'이라고도 한다. 많이 들어 봤을 것이다. "대학은 어디 가니?" "결혼은 안 하니?" "살은 안 빼니?" "취직은 안 하니?" "아이는 언제 낳니?" "걔는 연봉 얼마 받는다는데." 등등, 남과 비교하면서 나를 깎아내리는 말을 걱정으로 포장한다. 이게 바로 '고나리질'인데,

이럴 땐 말의 의도를 모르는 척하는 것이 상책이다.

살다 보면 눈치 없이 행동하는 게 '눈치 빠른 사람'일 때가 있다. 가령, 눈치껏 속셈을 알아냈음에도 모른 척 눈치 없이 행동해 어영부영 피해 넘어갔을 때처럼 말이다.

"아니, 이슬이는 눈이 천장에 달렸어? 동생도 결혼했는데 왜 결혼 소식이 없는 거야? 누구 없어? 없으면 소개해 줘?"

이 질문은 정말, 정말 내가 걱정되어서가 아니다. 그냥 찍는 소리다. 예전에는 그럴 때마다 "제가 알아서 할게요."하고는 자리를 뜨거나 대화를 차단했는데, 나이를 좀 더 먹고 나서는 생각을 고쳐먹었다. 활짝 웃으며 잔뜩 하이톤으로 "어머, 정말요? 저 그럼 어리고 잘생기고 돈 많고 제사 없고 착한 남자로 부탁드려요!"라고 반응한다.

실제로 이렇게 대답한 이후로 나에게 중매나 연애사에 대해 더 물어보지 않았다. 이렇게 대답하는 것이 피곤하다고 생각했는데 아니었다. 어떤 의미로는 참 현명한 것이었다. 딱히 대꾸할 가치가 없었고, 웃으며 받아주고 싶지 않아서 한 행동이 결국 '저러니까 못 만나지'로 이어진다는 것을 알았기 때문이다.

"더 늙기 전에 애 낳아야지?"

시집도 가기 전의 처녀에게 할 소리인가. 예전 같았으면 정색하며 "자녀 계획은 부부끼리 알아서 할게요."라며 눈살을 찌푸렸을 테지만 이제는 여유가 생겼다. 미소도 지을 수 있다.

"에잇, 닿는 대로 애써 볼게요"

결혼하더라도 자녀 계획이 없다거나, 한 명만 낳고 싶다거나 말하는 순간 그다음에 돌아올 말은 뻔했다. "둘은 낳아야지." "젊은사람들이 이래서 우리나라가 저출산 나라인 거야."라는 등 어쩌고저쩌고.

그런 사람들의 특징은 우리 부모님께서도 입 밖으로 안 꺼내는 걱정을 구태여 입 밖으로 꺼낸다. 그리고 그 말을 걱정과 관심이라고 포장하며 나의 떨떠름한 표정에 도리어 더 성화다.

더구나 그들은 스스럼없고, 막역하고 친한 사이도 아니다. 아니, 애초에 '우리'의 관계가 아니다. 적당한 거리가 필요한 사이다. 왜 그들은 자꾸만 그 선을 넘으려고 하는 것일까?

나와 관계없는 사람의 말에 진심으로 상처받지 말자. 상처를 아예 안 받을 수는 없겠지만, 적어도 진짜 나를 위한 말이 아님을 알아야 한다. 그럴 때일수록 듣고 싶은 말만 듣자. 그래도 된다. 왜냐면 이미 그들은 나에게서 보고 싶은 모습만 봤기 때문이다.

흩어짐에 관하여

●

흩어짐을 위한 만남이 아닌, 새로운 만남을 위해 흩어지는 것
민들레 홀씨가 흩어져야만 새로운 곳에서 꽃 피울 수 있는 것처럼!

생일을 축하하며 초를 불었다. 의미를 부여하던 어렸을 때의 특별한 날은 어른이 되어가면서 그저 '아무 날'이나 되어버렸다. 초의 개수가 늘어갈수록 함께 축하해 주는 이는 점점 줄어들어 간다. 기억 속의 친구들은 하나둘씩 제자리를 찾아 떠나가고, 자주 묻던 안부는 생일 때야 전하게 된다.

쉬이 흩어지는 것들이 있다. 이를테면 내 마음과 같은.

전부라고 생각하고 붙잡고 있었던 것들이 무너지고 흩어지는 경우가 있다. 그래서 상실감에 마음이 텅 비어버리기도 했다.

무너질까 걱정되었던 모래성과 같은 관계도, 부서져 내게도 생채기를 낼까 봐 두려웠던 유리성과 같은 관계는 쌓아지지 않으면

쌓아지지 않는 대로, 부서지면 부서지는 대로 그렇게 내 마음을 흐트러뜨렸다.

기다림에도 미학이 있는데 흩어짐에도 미학이 있지 않을까. 어쩌면 흩어진다는 것은 다시 새롭게 정렬할 기회가 생긴다는 것일지도 모른다. 흩어짐을 위한 만남이 아닌, 새로운 만남을 위해 흩어지는 것. 민들레 홀씨가 흩어져야만 새로운 곳에서 꽃 피울 수 있는 것처럼 말이다.

이합집산離合集散은 헤어졌다가 만나고, 모였다가 흩어진다는 뜻이다. 우리의 인생은 늘 어떤 것이든 관계가 지어지고, 헤어졌다가 만나고, 모였다가 흩어진다.

자의든 타의든 흩어짐을 바라보았을 때 심경은 복잡할 수밖에 없다. 하지만, 새롭게 리프레시할 기회가 생겼다고 생각해 보는 것은 어떨까.

나를 변화시키는
사람들

적응은 무서운 체념을 부른다고 했다. 예전의 나는 새로운 것이 좋으면서도 싫었다. 정확하게는 새로운 것을 받아들이고 적응하는 것이 싫었던 것 같다. 내 인생에 아무것도 충격을 주고 싶지 않았다.

음식점에서 생소한 메뉴를 시키지 않았고, 카페에 가도 신메뉴는 거들떠보지도 않았다. 꽤 많은 사람이 "와 이거 맛있다!"라고 말해야 비로소 궁금증이 생겼다.

나에게 있어 새로운 것을 받아들일 준비는 타인이나 내가 직접 겪어 본 안정성으로부터 시작됐다.

우리 가족은 한 번의 식사를 하더라도 한 상 제대로 차려 먹는다. 김치도 파김치, 깻잎김치, 깍두기, 새 김치, 익은 김치 각각 다 꺼내 먹는다. 찌개가 있어도 국이 따로 있는 호사를 누리면서도 내가 밥 먹을 때 먹는 반찬은 고작 두어 가지 정도이다. 찌개도 김치찌개일 때만 먹고, 국은 안 먹는다. 내 입에 익숙한 것만 무의식적으로 먹기 때문이다. 그래서 친구 집에 놀러 가서 밥 먹을 때면 그런 곤욕이 또 없다. 꾸역꾸역 빨리 먹어 없애버리려고 묵묵히 먹었던 것뿐인데, 잘 먹는다고 밥 한 주걱 더 주면 눈앞이 캄캄하곤 했다.

나는 새로운 곳을 가는 것도 좋아하지 않았다. 그래서 처음 가는 곳을 가야 한다고 하면 스트레스를 받곤 했다. 특히 시험 보는 장소라든지, 면접 보는 곳 등 중요한 장소라면 더 그랬다. 그러다 보니 여행도 좋아하지 않았다.

새로운 사람을 만나는 것도 좋아하지 않는다. 물론 주변 사람들은 인정하지 않지만 말이다. 나는 낯가리는 중인데 겉으로 잘 티가 나진 않나 보다.

새로운 무엇인가를 적응하는 것에 굉장한 감정 소모가 되었기 때문에 항상 나는 익숙하고 편한 것들만 좋아했다. 내가 예상할 수 있는 범위 안에 있다는 것은 나를 편하고 안정적이게 하는 힘이 있다.

인정하기 싫지만 인정할 수 있는 격차, 대비할 수 있는 실패,

더 상처받지 않을 인간관계, 마음의 준비가 가능한 연애 끝 무렵 등 부정적인 상황이어도 말이다.

미리 짐작할 수 있는 익숙하고 편한, 아니 언제 겪어도 불쾌하고 적응 안 되는 그 상황들 속에 내가 덜 상처받고 내가 덜 신경 쓰고 덜 시간 낭비하지 않게 되는 것은 마치 꼭 내가 원래부터 의연하게 대처할 수 있는 사람이 되는 것 같았다. 익숙하고 편한 것들은 보다 나를 더 나답게 해주는 것만 같았다. 그게 진짜 '나'라고 생각했다.

그런데 나를 자꾸만 변화시키는 사람들이 있다. 바로 '내 사람'들이다. 그 사람들은 내가 어디까지 변화될지 가늠이 안 될 정도로 나를 변화시킨다. 그런 내 자신이 낯설다.

코이 물고기는 환경에 따라 크기가 달라진다. 어항 속에서 키우면 최대 8cm까지 크고, 연못에서 키우면 최대 세 배인 25cm까지 클 수 있다. 강물이나 하천에 방류하면 무려 1m가 넘게 자란다. 환경에 따라 피라미가 될 수도 있고 대어가 될 수도 있는 코이 물고기를 보며 사람들은 '코이의 법칙'이라고 부른다. 나 역시도 어항에 갇힌 코이 물고기처럼 스스로를 가두고 편안하다고 생각했던 것은 아니었을까.

스스로가 만든 울타리 안에서만 나는 존재했는데, 내 사람들이 자꾸 밖으로 나와 놀자고 한다. 슬쩍 발 디뎌본 울타리 밖 세상은 무섭고 두려웠지만, 내 사람들이 함께 있다는 것만으로도 안심이 되었다.

처음에는 내 울타리를 넓히는 정도로만 만족했었다. 어디든 다시 돌아올 곳이 있어야 한다고 생각했기 때문이다.

이제는 거의 백패킹 중이다. 내가 눕는 곳이 내 울타리가 되는 것임을 알았다.

가끔은 나의 정체성이 혼란스러웠지만, 그 모습도 그대로 '나'인걸.

이런 변화를 기꺼이 함께해준 내 사람들에게 나는 깊은 감사의 마음을 담고 산다.

과정의 발견에 관하여

●

나의 인생만을 내세우지 않고 상대방의 인생도 존중하며 공존하는 것! 일상을 공유하지만,
각자의 본질을 잃지 않고도 서로를 수용하는 과정 중에 있다. 우리는

옛말에 '빙탄상애氷炭相愛'라는 말이 있다. 이 말은 원래 얼음과 숯
불은 용납될 수 없다는 '빙탄불상용'에서 나온 말이다. 빙탄불상
용은 차가움과 뜨거움이라는 상반된 성질의 물이 만나면 얼음은
녹고 숯은 식게 되므로 본질이 서로 화합할 수 없다는 뜻이다. 그
런데 빙탄상애는 그런 얼음과 숯이 사랑한다는 뜻으로, 얼음은
숯불에 녹아서 물의 본성으로 되돌아가고 숯불은 얼음 때문에 꺼
져서 다 타지 않고 숯으로 그냥 남으므로, 서로 사랑함의 비유로
쓰인다.

공존하기 어려운 얼음과 숯불이 서로 사랑하려면 그 본질을 받
아들여야만 가능하다. 얼음이 숯을 있는 그대로 받아들이고, 숯이

얼음을 있는 그대로 받아들여서 하나가 된다는 것은 간단한 듯 참 어려운 일이다. 얼음은 녹아 무로 돌아가고, 숯은 쓸모를 잃어버리게 된다는 말을 이렇게 또 아름답게 표현할 수 있을까.

나는 가끔 우리의 사랑이 얼마나 애틋한가에 대해 생각한다. 이 사람은 나에게 어떤 존재이며, 나는 그에게 어떤 존재이며, 어떤 존재이고 싶은가. 서로 다른 방식으로 사랑하는 것을 알면서도, 내가 당신을 사랑하는 방식으로 당신도 나를 사랑해줬으면 하는 욕심이 쉬이 사그라지지 않는다.

몇 해를 만나 이미 다 안다고 생각했는데도 새롭다. 내가 모르는 새로운 모습을 발견할 때마다 낯설기보단 당신이라는 영역을 확장해 나가는 것 같다.

나는 지금 만나고 있는 연인과 결혼하고 싶다. 아침에 일어나 부은 얼굴을 보며 서로 못생겼다고 깔깔대기도 하고, 늦장 부리다가 호들갑 떨며 출근하기도 하고, 새로 도전해 본 저녁 메뉴를 실패해 배달음식을 시켜 먹기도 하고, 소파에 기대 오늘 하루 있었던 일을 도란도란 얘기하기도 하고, 침대에 나란히 누워 누가 불 끌지 옥신각신하기도 할 그런 일상을 꿈꾸고 있다. 지금보다 더 많은 일상을 공유하지만, 또 각자의 인생이 있을 터.

나의 인생만을 내세우지 않고 상대방의 인생도 존중하며 함께 공존하는 것. 일상을 공유하지만, 각자의 본질을 잃지 않고도 서로를 수용하는 과정. 우리는 그 과정 중에 있다.

누구나 이 사실을 알고 있지만, 과정을 생략한 채 만나기도 한다. '굳이'라고 생각하기 때문이다. 하지만 연인관계, 가족, 친구들 등 친밀한 관계에서는 우리 모두 이 과정과 노력이 필요하다. 타인과 타인에는 이해와 사랑이 있어야 하기 때문이다.

우리는 너무 쉽게 '나였으면' 또는 '나 같으면' 하며 상대방을 이해할 수 없다고 한다. 나의 상식선이나 가치관, 마음으로는 절대 나올 수 없는 행동이라고 치부하며 말이다. 이때, 우리는 서로의 관계 발전에 대한 과정의 발견임을 캐치하고 대처해야 한다. 이해하지 못한다면 솔직하게 물어보는 것이 좋다. "나는 이래서 이렇게 행동했는데, 너의 행동에 이런 생각이 들어서 서운했어." 라고 상대방의 말을 듣고 나면 분명 납득이 될 것이다. 또 '그렇게 생각할 수도 있겠구나'하고 이해되는 부분도 생길 것이다. 이로써 상대방과 나의 오해 범위를 줄이는 것이다.

'나는 나를 맞춰주는 사람을 만날 거야'라고 생각한다면 그렇게 하는 것이 맞다. 하지만, 나의 소중한 인연을 위해 나 역시도 맞춰나가고 알아가는 과정을 함께해 보자.

그 과정 안에서 새로운 것을 발견하게 될 것이다.

인생은
끝없는 여정이다

나는 어쩌면 우리의 인생이 '내일'로의 기차여행과 다를 바 없다고 생각한다. 살다 보면 처음 계획한 대로 여행을 마칠 수도 있지만, 중간에 내린 곳을 종착지로 삼을 수도 있다. 여행 중에는 유명한 곳을 가볼 수도 있고, 생소한 곳을 가보게 될 수도 있으며 예상치 못한 역에 정차할 수도 있다.

여행 중 만나는 새로운 사람들과 순간순간의 여행지를 함께 다닐 수도 있고, 다시 서로의 여행을 위해 헤어질 수도 있다.

이 여행은 나를 완성해 가는 여정이다. 그리고 그 모든 것은 순간순간의 선택이다. 여행이 원하는 대로 진행이 안 되더라도 좌절할 필요가 없다. 다시 또 출발하면 된다. 어디든 결국 종착역이 되기 때문이다.

더 많은 곳을 갔다고 해서 좋은 여행이었다고 단언할 수 없는 것처럼, 때로는 여행 중 보고 느끼고 경험하는 것들이 더 중요하기도 하다.

보통의 여행객은 크게 세 가지로 분류할 수 있다.

다시는 여행을 오지 않을 것처럼 일하듯 여행을 하는 사람, 힐링과 휴식을 위해 여행을 하는 사람, 그리고 두 가지의 유형이 섞인 사람이다.

어떤 여행객이든 본인이 원하는 스타일 대로 여행을 하면 된다.

내가 어떤 사람이든 내가 원하는 대로 인생을 살면 된다.

나는 대충 살고 싶어서 열심히 산다.

여행은 귀찮지만, 막상 다녀보니 재미있다. 마찬가지로 열심히 무언가를 끊임없이 한다는 것은 귀찮지만, 막상 내 삶의 영역이 넓어지는 것은 재미있다.

인생은 끝없는 여정이다. 우리가 인생을 조금 더 멋지게 살아야 할 이유는 많다.

스스로를 설득해보자. 좀 더 멋진 인생을 위하여, 지금 출발할 수 있도록!

나는 대충 살기 위해 열심히 산다

초판 1쇄 인쇄 2021년 5월 15일
초판 1쇄 발행 2021년 5월 18일

지은이 최이슬
펴낸이 이태선
펴낸곳 창작시대사

주소 경기 고양시 일산동구 장백로 20 굿모닝힐 102동 905호
전화 031) 978-5355 **팩스** 031) 973-5385
이메일 changzak@naver.com
등록번호 제2-1150호 (1991년 4월 9일)

ISBN 978-89-7447-242-9 03810